TAKE
SHOBO

勤め先は社内恋愛がご法度ですが、再会した彼(上司)とまったり古民家ぐらしを始めます。

梅川いろは

ILLUSTRATION

・・・・・・・

JN052708

MITSU
YUME

CONTENTS

MITSU YUME

イラスト／八千代ハル

勤め先は社内恋愛が
ご法度《はっと》ですが、
再会した彼《上司》と
まったり古民家ぐらしを
始めます。

プロローグ

あずみが首から提げたＩＤをカードリーダーにかざすと、複合機のスリープが解除された。暗転していた液晶パネルに光が灯《とも》り、用紙の指定やステープル機能など、各種のメニューが表示される。

ホチキス止めの資料が必要なので、迷わずに「ステープル」を選択する。

あずみの勤務するここヤマノ化成では、全社をあげてペーパーレス化の取り組みを行っている。そのためコピーやスキャナーの機能を使うには、今やったように社員ＩＤの呈示が必要だった。

だから、あずみが今からコピーをとるのは、「どうしてもＰＣやタブレットでは書類や資料の内容が頭に入ってこない」という一部の上部役員のためだ。

ホチキス留めがされた状態で出てきたマーケティングのプレゼン資料を十部、用意しておいたクリアファイルに入れて踵《きびす》を返すと、あずみを待っていた彼——和玖創太郎《わくそうたろう》と目が合った。

白いＴシャツの上にネイビーのテーラードジャケットを羽織った創太郎は、「その資料、やっぱり俺が持っていくよ」と手を差し出した。

綺麗《きれい》な黒い髪、端正な顔立ちと細い首、やや広い肩幅、長い足。

その一つ一つに見惚《と》れて、心がきゅうっとなる。

「私が配っておくので、気にしないでください。それより和玖さんは機材の確認をしなくちゃでしょう。今日のリモートプレゼンの主役なんだから」

「機材の準備ならもう終わったよ。全国に配信するって言っても、そんな大がかりなものじゃないし」

それよりも、と彼は声を低くした。

「上部役員のいやらしい視線から篠原《しのはら》さんを守りたいんです。これでも、彼氏なので」

そう言って薄い唇の端を上げ、微笑む。

彼の言葉にあずみは耳が熱くなった。社内の誰かが聞いていなかったかどうかを確認するために、慌てて周囲を見渡す。

今日は社員の三分の二ほどが在宅勤務の日だったため、広いオフィス内は全体的に人がまばらで、コピー機から一番近い部署のデスクにいたっては誰も座っていなかった。

どうやら、甘さを含んだ彼の言葉を聞きとがめた人はいないようだ。もちろん彼も、最初からそういった状況を確認した上でそんなことを言ったに違いなかった。

あずみと創太郎は、同棲《どうせい》しながらお付き合いをしている。しかしこのことは、社内においては当事者以外誰も知らない秘密だった。

一見細身の彼が脱いだらけっこうな筋肉があって、いわゆる着やせするタイプなのだということをあずみはよく知っている。

よく知っているし、昨晩も、今朝も見ていた。

今朝に至っては、目が覚めたらその体が自分にのしかかっていて……。

（って、いやいや、今は仕事中！）

一瞬不埒《ふらち》なことが頭に浮かんで顔が熱くなり、あずみは頭を振った。

創太郎はそんなあずみの様子には頓着せず、長い腕を伸ばしてあずみの持っていたクリアファイルをつかみ取る。

あずみはため息をついて苦笑し、彼のやりたいようにしてもらうことにした。

今日この後に、資料を全国の役員にリモートでプレゼンするのは彼の役目だ。もちろん件の上部役員も出席する。

「いやらしい視線から守る」というのは冗談で、あらかじめ資料の配布に出向くことで、上部役員がこだわる「話す側と聞く側が直接顔を合わせる」ことがより円滑になるという狙いが、彼の中にはあるのだろう。

たぶん。おそらく。

どちらからともなく目が合い、彼が微笑んだ。嬉《うれ》しくなって、あずみも微笑む。

自分たちが今の関係に落ち着くまでの間には、様々な出来事と、奇跡としか言いようがない偶然がいくつかあった。

彼との出会いは今から約十一年前の、二人が中学生の時にまでさかのぼる。

一章　花と蜜蜂

昼休み、今日は図書室のカウンター当番だった。

活字ばなれが進んでいるとよく聞くけれど、あずみの通う中学校でも、本を借りに来る人は全然いない。こんなたくさんの本が無料で読み放題だというのに、どうしてみんな本を読まないのだろう。

昨日から読み始めた、ＳＦ小説のページをめくる。

世紀の天体ショーといわれた流星群の光によって、一夜にして盲目となってしまった人びとに、食用油脂をとるために品種改良された食肉植物が襲いかかる。運よく失明をまぬがれた主人公はそれを助けようとするが……。

あずみは食らいつくようにして文字を読み進めた。

「ねぇっ、聞いた⁉」

同じカウンター当番の陽菜《ひな》が入ってくるなり、興奮しながら言う。

「……お静かに」

せっかく良いところだったのに、自分よりも興奮した人間に急に声をかけられたせいで、現実の世界に引き戻されてしまった。

ちょっぴりの恨みを込めて、しぃっ！　と人差し指を口に当てる。

陽菜は素直に両手で口を押えたものの、早く話したくてたまらない！　というのが全身から伝わってきて、あずみは苦笑した。

本を読む以外に刺激の少ない生活なので、あずみも好奇心を抑えられない。先ほどの態度とは裏腹に期待をこめて訊《たず》ねる。

「……なに、知らない。どうしたの？」

陽菜は誰もいないよね、と言いながら図書室を見渡すと、内緒話をするようにあずみの耳元に口を近づけた。

あずみも興味津々で耳をすませる。

「岸田《きしだ》先輩がね、和玖君に告白したんだって！　見ちゃった子がいるらしい」

岸田先輩と和玖君は同じ図書委員の人たちで、岸田先輩は三年生で委員長、和玖君はあずみや陽菜と同じ二年生だった。

「えっ！　なんか意外。岸田先輩って高嶺《たかね》の花と言うか、綺麗《きれい》すぎてちょっと近寄りがたい感じだよね」

その岸田先輩がなぜ、和玖君に？　とあずみは思う。

あずみ自身も、和玖君とペアになってカウンター業務をしたことが何度かあるけれど、ほとんどしゃべったことがない。

小柄で細く、背はあずみと変わらないくらい。やや長い前髪の奥に見える目は切れ長と言えば聞こえは良いけれど、正直目つきが悪いという表現の方がしっくりくるとあずみは思っていた（和玖君ゴメン）。

「それで、付き合うことになったの？」

あの岸田先輩に告白されたのなら当然そうなるだろう、と考えながら訊く。

「いやそれがね、振っちゃったらしいよ、和玖君」

「えーっ！　なんで？　もったいない！」

「お静かに」

興奮して声が大きくなったあずみに、今度は陽菜がしぃっと人差し指を立てた。

「……すみません」

小声で謝りながら頭を下げるポーズを見せると、陽菜が続けた。

「なんかね、好きな人がいるからごめんなさいとか、そういう雰囲気だったって。先輩泣いてたみたいよ」

「でも、岸田先輩でしょ？　私が和玖君なら、好きな人がいても先輩と付き合うと思う。というか、告白された瞬間に先輩の方を好きになると思う」

「ねーっ、わかる！　とりあえず付き合っちゃうよね、だって先輩キレイだもん」

二人とも好きな人すらろくに出来たこともないのに、勝手なことを言って盛り上がった。

そのあと、午後の予鈴が鳴るまで結局図書室には誰も来ず、食肉植物に襲われる人びとのこともすっかり忘れて、あずみは陽菜と恋愛談議に花を咲かせた。

そんなことがあってから、一週間後。

小さな学校なので、週に一度はカウンター当番が回ってくる。あずみは昼休み前の英語の授業中、今日は当番だったと唐突に思い出した。

危なかった。たしか今日ペアを組むのは和玖君だ。

チャイムが鳴るとあずみはすぐにスクールバッグを持ち、教室を出た。

混み合う前の洗い場で手を洗い、ハンドタオルでごしごし水分をぬぐいながら、図書準備室に向かう。

当番の図書委員は昼食を図書準備室で食べても良いという慣例があるのだ。それが特権みたいで、昼の当番はなんだか楽しい気持ちになる。

当番の日、あずみは必ず昼食を準備室で食べていたけれど、そこに和玖君が来たことはない。彼とペアの日はいつも一人だった。

カウンターの奥にある準備室の扉を開けると、長机のパイプ椅子に細身の男子生徒が座っているのが目に入る。

和玖君だった。

（珍しいな……）

和玖君は入ってきたあずみをちらりと一瞥《いちべつ》すると、すぐに目を逸らした。

「……お疲れ様でーす」

なんとなく緊張しながら彼の手元を見やると、某有名製パン会社のいちごジャムサンドが四袋もある。

「……わ、こんなにいちごサンド食べる人初めて見た」

思わず口にしてしまったのが気に障《さわ》ったのか、和玖君がじろりとこちらをにらんだ気がした。

「あ、ごめんね、勝手に見ちゃって」

謝りつつ、あずみはななめ向かいの席にいそいそと腰を下ろす。

視界の端にいちごサンドのパッケージが映る。四袋全部いちご味。横には五百ミリリットルのパック牛乳が置かれていた。

(甘党だなぁ。それに意外とたくさん食べるんだ)

「……いちごサンド、今、はまってるんだ」

和玖君がぽつりと言った。

「そうなんだ！　美味しいよね、パンがもっちりふわふわして、端がきゅっととじてあって。私も好き」

話しかけられたことに驚きながら、あずみはあいづちを打った。

彼から返答はなかったけれど、とくに続くような会話でもなかったので別に気にとめず、弁当が入った巾着のひもを解《ほど》いた。

弁当箱のふたを開ける。この瞬間を、あずみは毎日楽しみにしていた。

（わーい、唐揚げが入ってる）

他には甘い玉子焼き、ミニトマト、ブロッコリー、ピックに刺さった枝豆、きんぴらごぼうなど。

弁当のお手本みたいな内容だった。心の中で母に感謝して、箸を取り出す。

「……うまそう」

口に出すつもりがなかったのが漏れてしまったのか、言ってから和玖君ははっとし、「ゴメン、何でもないです」と言って顔を伏せてしまった。

（た、食べたいのかな）

「あの……一つ食べる？」

「え。いいの」

あずみは弁当箱のふたの裏に一番大きな唐揚げをのせ、「はい」と差し出した。

「どうぞ」

「ありがとう」

和玖君は受け取ると、小さな声でいただきますと言って唐揚げをかじった。

あずみも自分の分をぱくりとかじる。衣の端がまだわずかにカリッとしていて、美味しい。

「うまい」

思わずといった様子で、和玖君が感想をもらした。

「そう？　お口に合ったみたいで良かった」

彼に対してとっつきにくい印象を持っていたけれど、少しはというか、だいぶ歩みよれた気がして心があたたかくなる。

（野良猫がなついてくれたみたい……）

それきりお互いに無言になり、もくもくと弁当を食べていると、未開封のジャムサンドが差し出された。

「お礼に。どうぞ」

「え、そんな、いいよ」

「いや。あの唐揚げにはこれくらいの価値があったので。等価交換です」

妙にかたくるしい口調で和玖君は言った。彼なりに最大級の謝意を表しているんだろうな、と察する。

「じゃあ、ひと袋はちょっと私には多いから、一つだけもらうね」

あずみもけっこう食べる方なので、本当は目の前の弁当にプラスして余裕でひと袋食べられる自信があったけれど、さすがに申し訳ないし、大食いに見られるのが恥ずかしかったので半分だけもらうこととした。

「あ、そうですか」

和玖君はあっさり引き下がると、パック牛乳のてっぺんに刺さったストローを口に含み、ごくごく飲んだ。

彼の女の子みたいに細く白い首の、喉ぼとけがそれに合わせて上下している。

あずみのクラスの男子は脂っぽかったりざらついた肌の子が多いけれど、彼の肌は陶器みたいに滑らかだ。

それをぼんやり見ていたあずみはなんだか急に恥ずかしくなってしまい、弁当に集中しようとした。

(なんだろ。なんか、緊張する)

友達といるとき、いつも自分はどんな顔をして弁当を食べていただろうか。

そう考えながら口の中の卵焼きを飲み込もうとしたら、思い切りむせてしまった。

いきなりゲホゲホし始めたあずみを見て和玖君は目を丸くし、「大丈夫ですか?」と気遣ってくれた。

答えるかわりにかろうじて首を縦に振ってだいじょうぶ、と伝える。

(なんでこのタイミングで！　恥ずかしすぎる……)

呼吸が落ち着いてから、お茶をごくごく飲んだ。

ふう、とため息をついて息を整える。「あーびっくりした」的なことをなにか言うべきか迷ったけれどやめておいて、あずみはお茶をもうひと口、ゆっくりと飲んだ。

「……そういえば」

あずみが完全に落ち着いたタイミングで、和玖君が静かに口を開いた。

「貸し出しの記録でたまたま見たんですけど、篠原さん、今トリフィド読んでるんですね」

「え、和玖君も読んだことあるの」

「うん。親父がSF好きで、うちにもあって」

和玖君の言うトリフィドというのは、あずみが昨日読み終えたばかりの食肉植物が出てくるSF小説だった。

活字ばなれが進んでいる中でも、特にSFというジャンルは人気がなくなっていると聞く。数十年前に出版された海外SFをまさか目の前の同級生が読んでいるとは思わなかった。

「私も、昨日読み終わったんだ。すごくハラハラした。続きが気になって、夜ふかしして読んじゃった」

口に出してから自分のボキャブラリーの貧困さが恥ずかしくなって、「なんか小学生みたいな感想になっちゃったけど……」と付け加えた。

和玖君はたいして気にした風もなく、それどころか「わかる」と目を輝かせた。

彼の顔をまともに見たのはそれがはじめてだった。

目つきが良くないと思っていた切れ長の瞳は、こうして見るとまったくそんなことはなかった。

むしろ、彼の薄くも濃くもない目鼻立ちは「整っている」という言葉がぴったりのように思う。

「人類のほとんどが盲目になって、そこに自分で動ける食肉植物が、っていう絶望感がもうすごかったよね」

和玖君が言い、あずみは頷いた。

「ね！　主人公が街で見かけた目の見えないおばあさんに豆の缶詰を開けてあげるシーンとか、もう切なかった。そんなことしてもおそらく長くは生きられないってわかりきってる感じが」

読んだ時の興奮がよみがえってきて、あずみはため息をついた。和玖君もうんうんと頷いている。

にわかに興味が湧いたのと同時に、先週陽菜から聞いた「和玖君が岸田先輩に告白されたけれど、好きな人がいて断ったらしい」という話をふと思い出して、何故だか胸がちりっとした。

（……なんだろう？）

今までに経験のない、どちらかといえば不快な感情だった。

「……和玖君は、他にどんな本を読むの？」

そこからは読書の話で盛り上がった。二人とも手を出している出版年代の範囲がだいたい同じで、知っている作家、好きな作家も共通するものが多かった。

芥川龍之介や太宰治なんかの近代文学はあまり読まないけれど、近々挑戦してみようと思っていること。

三年生で図書委員になったら図書室に置く本の選書が出来るので、今から何が良いか考えていることなどを二人で話す。

「すみませーん、本を借りたいんですけど」

女子生徒の声が図書室の方から聞こえて、あずみと和玖君は顔を見合わせた。

盛り上がっていて気がつかなかったけれど、壁にかかった時計を確認するともう開室の時間になっている。

「俺、行ってくるよ」

弁当を食べ終えていないあずみに気を遣ってくれたのか、和玖君は食べたあとをさっと片付けて図書準備室を出ていった。

彼の座っていたパイプ椅子の背もたれに、詰襟の上着が残されている。それを見ると、話の合う友達が出来たことへの嬉しさがこみ上げてきた。

クラスの友達や、同じ図書委員の陽菜とも気は合うし話していて楽しいけれど、みんなあまり本を読まないから、本の話は出来ない。

それから月に一度か二度、カウンター当番が一緒になるたびにあずみと和玖君は本の話で盛り上がった。

秋がぐっと深まって、冷たい空気に冬の気配を少しずつ感じ始めたころ、あずみは自分が和玖君のことを好きなのだと自覚した。

きっかけは同学年のバレー部の男子生徒があずみのことを好きだ、と告白をしてきたことだった。

図書委員会が隔週で発行している新聞に、「部活動に励む生徒がおすすめする一冊」というバトン形式の連載があって、前号でインタビューに応えてくれた女子バスケ部の生徒がバトンを渡したのがこの男子生徒だった。

今回その連載の編集を任されていたあずみは、他クラスだった件の男子生徒にアポをとり、部活中にインタビューをしに行くと、体育館の裏玄関についてきて欲しいと言われた。

「付き合って欲しい」と言われた時には、何よりもまず驚きが先に来た。

なにしろあずみはその男子生徒と話したことがなく、顔を見たことがあるという程度だったから。

(どうしよう、なんて言ったらいいんだろう)

その男子生徒はバレーボールをやっているというだけあって背が高く、他校の女子からも人気があると聞いたことがある。

でも、私の本の好みや好きな食べ物も知らないで、どうやって好きになったというんだろう。

この人は和玖君と違う。だから、お付き合い出来ない。

咄嗟《とっさ》にそう考えた自分に気づいて、愕然《がくぜん》とした。

目を見開いて固まったあずみの動揺には気がつかなかったらしく、男子生徒ははにかんだ様子で「どうかな」と返事を催促した。

「あ……ご、めんなさい。お付き合い、出来ないです」

最低限の単語をつなぎ合わせて答えを告げると、あずみは相手の顔を見ないようにしてその場から立ち去った。

告白をされて恥ずかしい気持ちと、和玖君のことが好きなのだと気づいてしまったことに対する動揺が合わさって、頭がぐちゃぐちゃになる。

取材用に持ってきていた旧式の重たいデジタルカメラの、ネックストラップが首に食い込んで痛い。

とりあえずこれを図書準備室に返して、今日は帰りたい。

シフト表を見た記憶では、今日の放課後のカウンター当番は陽菜だった。陽菜の顔を見て、くだらない話をちょっとして、いつもの自分を取り戻してから帰ろうと思った。

図書室の戸を開けると、カウンターに座っていたのは陽菜ではなく、よりにもよって和玖君だった。

和玖君はカウンターで本を読んでいて、戸が開いた音に気がつくと、こちらをちらりと見て「お疲れ様」と言った。

そのまま何も気づかず、読書を再開すると思ったのに。

「……大丈夫？　何かあった？」

彼は心配そうに言うと、あずみの顔をじっと見つめた。

こんなぐちゃぐちゃで、ボロボロに混乱した自分を見られたくなかったのに。

「うん、ちょっと熱っぽくて。今日はもう帰るね」

咄嗟に答えたにしては、なかなかうまくいったと思う。声色もたぶん、不自然ではなかった。

実際に顔が熱かったから、熱っぽく見えるはず。

図書準備室に入るためにカウンターの内側へ行き、スチールのドアノブに手をかける。手が震えて、捻《ひね》っていたドアノブが滑り、空回りして大きな音が響いた。

「篠原さん、違ってたらごめん。……川谷と何かあった？」

和玖君が男子生徒の名前を出して、はっきりとした声で聞いてくる。

そういえば和玖君と川谷君は同じクラスだった。

なぜだか強烈な後ろめたさを感じて、言葉が出てこない。

沈黙に耐えられなくて、そのままあずみは準備室に逃げ込んだ。

かなり挙動不審な自覚はあったけれど、本当にその時はそうすることしか出来なかった。どうか、「熱があるみたいだし、よく聞こえなかったのかな」ぐらいに解釈して欲しい。

でも、彼がそんなに鈍感ではないこともあずみは知っていた。

武骨な事務机の引き出しを開け、所定の位置にデジカメを戻す。それから長机に置いていたスクールバッグにメモ帳と筆記用具をしまい、準備室の入り口に向かおうとしたら、和玖君がドアのところに立っていた。

「川谷と付き合うの？」

この人はなんでそんなことを聞くんだろう。私の気持ちを知らないくせに、なんて残酷な。もう、放っておいて欲しい。

自分本位なことばかりを考えてしまう。その自覚はあったけれど、今のあずみは冷静にものごとを考えられなかった。

だから抑えきれずに、口に出してしまった。

「それが和玖君と何か関係あるの？」

そんなつもりはなかったのに、不機嫌な口調になってしまった。

自分の発した言葉に怯《ひる》んで、後悔した。恥ずかしさがこみ上げる。

ああ、どうしよう。呆れられたかもしれない。

「あるよ」

静かな声に顔を上げると、和玖君は真っすぐにこちらを見つめていた。

「俺、篠原さんのことが好きだから」

声にはほんのわずか、震えが滲《にじ》んでいたように思う。

「カウンターではじめて一緒になったくらいから、ずっと好きだった。俺と付き合って欲しい」

言い切った彼の、目尻と耳たぶが赤い。

それを見て、ここで自分の気持ちを伝えないのはあまりにも不誠実だと思った。

「私も……和玖君のことが、好き、です」

あずみはやっとの思いでそう返した。伝えてくれた彼に対してきちんと応えたくて、真っすぐに目を見て言う。

緊張してつっかえつっかえになってしまって恥ずかしかったけれど、和玖君は気にしていないようだった。

「じゃあ俺と、篠原さん」

両想いだね。

言葉は途切れたけれど、彼の言いたかった言葉があずみにはわかって、こくりと頷く。

「よろしくお願いします……」

あずみが言い終えた途端、下校の時間を知らせるチャイムの音が部屋の中に鳴り響いて、二人はびくりとした。

「……なんか、信じられないな」

チャイムが鳴り終わった後、和玖君がそう言う。

あずみも全く同じだった。

「うん、私も」

和玖君に対して抱いているのは、戦友だとか盟友みたいなものだと思っていた。

「……川谷から、告白されたの？」

和玖君はやはりそれが気になるようだった。

「……うん。でも本当なのかな？　今回の取材が決まるまで、川谷君とは全然話したことなかったんだけど」

感じていた疑問を口にすると、和玖君は少し複雑そうな顔になって言った。

「それは本当だと思う。うちのクラスの運動部のやつら、篠原さんが川谷に取材するって聞いて、からかってたし」

「そうなんだ……」

「というか、からかってたやつらの中にも篠原さん狙ってた奴がいると思う」

本当だろうか。にわかには信じがたかった。そんなに男子と話さないので、なにしろ接点がない。

納得は出来ないけれど、もう終わったことだ。そう考えた後、思い切って言う。

「でも、私が好きなのは和玖君だから」

大胆すぎるだろうか。

「だから、一緒に帰ってもいい？」

あずみがそう言うと、和玖君は少し驚いた顔をして頷《うなず》いた。長めの前髪から覗く耳が赤くなっているのが見えた。

二人でいるところを誰かに見られたらどうしよう、と考えたけれど、部活動がまだ続いている時間なせいか、玄関付近は人気がなかった。

考えてみれば和玖君とあずみは同じ委員会なのだし、別に一緒にいるところを見られてもどうということはないはずだ。

廊下の方を見ていると、職員室に鍵を返しに行っていた和玖君が走ってきた。

あずみは先に靴を履き替えていたので、彼が形の良い足を黒いコンバースに押し込んで、つま先をトントンするまでをじっと見守る。

黒のコンバースは、和玖君によく似合うと思った。

トントンするのが可愛くて、胸の奥がきゅんとする。

好きなことを自覚したとたん、普段は気がつかないような仕草が目に入って、胸がドキドキするのを抑えられない。

こんなことは初めてだった。

「どうかした？」

「ううん、なんでもない」

「そう？　待たせてゴメン、行こう」

「うん」

(男の子って、足が大きいんだな)

ガラス戸を開けて外に出た彼に続く。あずみが出るまでドアを開けて待ってくれていたのが嬉しい。

和玖君は二人がよく話すようになった春先と比べると、少し背が伸びた気がする。

前はあずみとそう変わらなかったのに、いつの間にか和玖君の方がはっきり背が高くなっていた。

校門を出ると、金木犀《キンモクセイ》の香りがした。

今日はずっと秋晴れで、そんなに寒くない。夕日の滲んだ空には雲一つなく、グラウンドで練習する野球部員の声が響いている。

「……川谷の取材だけど」

和玖君が言う。

「俺がやるよ。同じクラスだから休み時間にでも話聞けばすぐだし」

正直彼と会うのは気まずいので和玖君の申し出はありがたかったけれど、委員の仕事をそんな理由で代わってもらっても良いのかな、と悩んでしまう。

こんな時、陽菜ならなんて言うだろうか。きっと陽菜なら、「全然良いじゃん？　何がダメなの？」と返してくるに違いない。

あずみは決心した。やっぱり、代わってもらおう。

「ありがとう。代わりに和玖君が今回書く予定のコラム、私がやるね！」

そう、和玖君の顔を見て言う。

感謝の気持ちを伝えたいという思いと、甘えるだけではダメだという考えが重なって、ちょっと力んだような言い方になってしまった。

「……うん、じゃあそうしよう」

そう言ったきり、和玖君は顔を背けてしまった。

どうしよう、何か変だっただろうか。

二人とも何も話さないまま、学校から一番近いコンビニが見えてきた。

「俺、こっちだから」

和玖君は左に行くらしい。どうやらここで別れなければならないようだ。

「う、うん……じゃあ、また明日」

名残惜しく思いながら見送ろうとしたけれど、和玖君はなかなか立ち去らなかった。

自分と同じように感じてくれているのかなと考えると、また胸がきゅうっとなる。

二人の間に数瞬の沈黙があった後、和玖君は口を開いた。

「……送っていかなくても大丈夫？」

「人通りの多い道だし、まだ明るいから大丈夫。ありがとう」

「そっか。……あのさ」

「うん」

なんだろう。やっぱりお前にはコラムを任せられないとか、そういう話だろうか。なにしろ和玖君には文才がある。

「付き合ってくれて、ありがとう。大事にする」

彼が言ってくれたのは、誠実な言葉だった。

胸がつかえたようになってうまく言葉が出てこなかったので、返事の代わりにこくんとうなずく。

恥ずかしかったけれど、どうにか彼の目を見ることが出来た。

「……また明日」

和玖君はそう言うと、今度こそ行ってしまった。

後ろ姿に見える耳たぶが赤く、詰襟の背中が記憶にあるものよりもずっと広いことにあずみは気がついた。

そのまま見ていると、和玖君は一度振り返ってこちらに手を振った。あずみも振り返す。彼の姿が角を曲がって見えなくなるまで見届けて、あずみも自分の家へ歩き出した。

（私も、大事にしよう）

でも「大事にする」というのは具体的にはどんな風にしたら良いのかがわからない。

そもそもお付き合いをするというのは何をどうするものなのかを考えながら歩く。

今みたいに一緒に帰ったり、休みの日にお出かけしたり、というイメージがまず頭に浮かんだ。

これからの日々を和玖君とそんな風にして過ごすのは、とても魅力的に感じる。

まだ公園で元気いっぱいに遊んでいる子供たちを横目に見ながら、明日からの学校生活のことを考える。

今この瞬間も自分は和玖君の彼女で、明日もそうらしい。

その事実はあずみの心をこの上なく満たした。

三年生になって、陽菜とはまた同じクラスになった。

今年度も一緒に図書委員になった陽菜は、委員長を買って出てくれて、とても頼もしい。

「カウンターの仕事も楽しかったけどね〜、あそこで勉強したら集中できるし」

貸し出し業務は基本的に一、二年生が行い、三年生は関わらないので、カウンターの仕事からは卒業ということになる。

カウンターの仕事はあずみも好きだったから、残念そうな陽菜の気持ちはよくわかる。

和玖君との当番で過ごす特別な昼休みも、これからはもうない。

それどころか、一年後には自分たちはこの空間にいないのだ。

「……三年生委員の仕事の醍醐味と言えば、選書だね」

「うーん、その辺はあずみ達に任せる。あたし、前より本は読むようになったけど選べるほど目が肥えてないというか」

図書委員が新しい本を購入することを選書という。月に一度、五千円の予算をやりくりして書店で本を買えるのだ。

漫画は一般的なコミックスはダメで、文庫になっているものなら良いとか、中古の購入は先生に判断を仰ぐ必要があるだとか、いろいろと明確な根拠のわからないルールがある。

「でも、そういう人から見て読みたいって思える本が良いのかもよ」

「そうかなー。でもとりあえず、今月は委員総会とかあるし、今月分はあずみと和玖君にお願いしようかな?」

　陽菜がニヤリとして言った。

　和玖君も今年また図書委員になり、副委員長を務める。あずみは会計、もう一人の三年生の男子は書記をやることになったけれど、進学校を受験するらしくあまり委員会活動には参加できないと最初から宣言していた。

「あまりお出かけデートしないんでしょ。この機会に二人で行ってきたら良いじゃん!　誰かに見られても、委員会の仕事だって言えるしね〜」

「ちょ、ちょっと陽菜、声が大きいよ」

　放課後の教室にはあずみと陽菜の二人だけだったけれど、廊下には生徒の気配があった。

　あずみと和玖君が付き合ってることは秘密なのだ。

　和玖君の家は厳しいらしく、どこかから話が漏れてはいけないので、学校内の友達には基本的に二人が付き合ったことを知らせていない。あずみと彼の関係を知っているのは陽菜だけだった。

　一緒にいられるのは学校からの帰り道、分岐点となるコンビニまで。

　だいたい毎日一緒に帰っていたけれど、意図的に他の生徒と下校時間をずらしているせいか、これが意外とバレない。

　和玖君とのお付き合いは順調だった。一緒にいると楽しいし、すごく落ち着く。

「ごめんごめん、つい興奮しちゃって」

「でも正直、堂々と一緒にお出かけ出来るのは嬉しいかも」

「でしょ！　二人で行ってきな～」

陽菜は親指をびしっ！　と立てて、にっこり笑う。

その時教室の後ろの扉が開く音がして、あずみと陽菜は目を向けた。入ってきたのは和玖君だった。

「お疲れ様」

「おつかれー」

「……お疲れ」

和玖君は近くの机にスクールバッグを降ろし、椅子に座りこんだ。その表情は硬く、疲れているように見える。

「そうだ！　あたし習い事あるし、そろそろ行くね。バイバイ」

陽菜はさらりと席を立ち、あっという間に出て行った。気を遣ってくれたのだと思うけれど、それを感じさせない自然さで、あずみは陽菜のそういうところを尊敬している。

「進路相談、行ってきたの？」

「……うん、疲れた」

あずみや他の生徒とは違うタイミングで、和玖君は進路相談をしていることが多かった。詳しくは聞いていないけれど、どうやらお母さんの方針らしい。

「待たせてごめん。帰ろっか」

「うん」

二人して立ち上がって、扉の方へ向かうと、和玖君が立ち止まって、振り返った。

顔が近づいて、彼がキスをしようとしているのがわかる。

ふに、と柔らかく唇が触れて、離れた。

近い距離で目が合って、一気に心拍数が上がり、顔が熱くなった。

「廊下、誰もいなかったから」

最近、前よりも更に背が高くなって、髪を切った彼は三年生だけでなく、一、二年の女子の間でもとても注目されていることを、本人は知らない。

もう一度唇が触れた。さっきよりも少しだけ強めに押し当てられて、離れる。

その感触は体の中をじわりと震わせた。

目の前にある切れ長の目が、じっとあずみを見つめたあと、ふいっと逸らされた。

二人がキスをするようになってから、こういうことがよくある。

唇が触れた後、好きという想いが溢《あふ》れてあずみが和玖君を見つめると、彼は目を逸らしてしまうのだ。

自分と一緒で恥ずかしいのかなと思ったけれど、なんとなくそれとは違う気もする。

(気持ちがなくなってきてる？　でもキスはするし、話すときは前と変わらないよね)

玄関に着くまでお互い無言で廊下を歩き、靴を履き替えて外に出ると、春のさわやかな空気に包まれた。

「そういえばね、陽菜が選書は私たちに任せるって」

「え、いいの？　それなら好きにやらせてもらおうか」

和玖君は、いつも通りに戻っていた。それがわかって、キスの後に抱いた小さなわだかまりが解けていく。

「生徒のリクエストが優先だけど、その分を買っても余裕がありそうだよね」

「リクエスト自体、少ないからね。キングの新刊とか買ってみる？　あの分厚いやつ」

「うーん、どうかな。みんな敬遠するかも」

「やっぱそうか。となると、漫画とか映画のノベライズが良いかもね、篠原さんが前に言ってたような」

ノベライズは文章表現が平易なものが多いし、人気作や話題作が元だから皆が手を伸ばしやすいのではないかとあずみは考えていたのだった。

二人になった時、いつも最初はお互い緊張するけれど、とりあえず本の話をすれば、その後は違う話題でもスムーズに話せるようになることに、最近気がついたばかりだ。

三年生の最初の二ヵ月は、そんな調子で楽しく過ぎて行った。


六月になり中旬を過ぎると、雨の日が続いた。

その年の梅雨は例年に比べて雨の日が多く、その日は久しぶりの晴れ間だった。

街中の大きい書店であずみと和玖君は四月から数えて三度目の選書を終えると、会計して紙袋を二重にしてもらい、書店を後にした。

荷物は当たり前のように和玖君が持ってくれる。一年前は女の子みたいだったのに、本が入って重たい袋を軽々と持ち運びしていて、男子ってすごいな、とあずみは思う。

感心したのもつかの間、かかとがずきりと痛んだ。

今日は新しいサンダルを履いてきたのだけれど、それが良くなかった。

ちらりと確認すると、華奢なストラップが足首の骨の出ている部分に食い込んで、赤くなっている。

とりあえずは、見なかったことにした。

二人で本を買った後はいつも、軽く食事をしてから帰っている。

安くていろいろ美味しく食べられるイタリアンのファミリーレストランか、軽食や飲み物が美味しいコーヒーショップかで迷って、イタリアンにしようということになった。

和玖君がドリアとパスタにハンバーグを注文したので、痩せているのによく食べるなと驚いてしまう。

意外なのは、甘党だと思っていた彼がこういう場ではスイーツのたぐいを食べないということだった。

これまでカウンター業務でお昼を一緒に食べた時には、彼はだいたい菓子パンを持ってきていたので、けっこうな甘党だと思っていたのだけれど。

かかとが痛いことを除けば楽しい時間はあっという間に過ぎた。

ホームで帰りの電車を待ちながら、あずみは和玖君にお礼を言うことにした。

「今日は荷物を持ってくれてありがとう。お昼も、ごちそうになっちゃってごめんね」

そう言ったあずみに、和玖君が声を低くする。

「気がつかなくてごめん。足、ずっと痛かったよね」

「あ……うん、ちょっと靴擦《ず》れしちゃって。でも大丈夫だよ、後は帰るだけだし」

「うちに寄って絆創膏《ばんそうこう》貼って行ったら。これ、このまま帰ったらもっと傷が深くなると思う。ストラップ踏みながら歩くのも嫌だろうし」

「え、いいの？　ご迷惑じゃない？」

でも、家の人に会うのは恥ずかしいというか、緊張する。

和玖君の家にはお邪魔したことがないけれど、お父さんは単身赴任で遠方にいて、駅近の分譲マンションにお母さんと住んでいるというのは聞いていた。

あずみの家は駅からそこそこ歩かなければいけない場所にあるので、応急処置させてもらえるのならとてもありがたい。

「今日は誰もいないから、気にしなくても良いよ」

そう聞いて、あずみは心の中で胸を撫《な》でおろした。

「そうなんだ……じゃあ、お邪魔させてもらいたい、です」

駅から出てすぐの立派なマンションに、あずみは緊張しながら足を踏み入れた。なんだか、とっても綺麗で高級感があるマンションなので、少々気後れしてしまう。

二十階でエレベーターを降りて、長い通路の突き当たりの角部屋が和玖君の家だった。

「お邪魔します……」

砂粒一つ落ちていない綺麗な三和土《たたき》に、サンダルを脱いでそろえる。

サンダルで出かける時には靴下をバッグに忍《しの》ばせて歩くように母親から言われていたのが役に立ち、半日外を歩き回った素足でスリッパを借りずに済んだ。

彼について廊下を進む。玄関から進んで、左手の個室が和玖君の自室のようだった。

「お茶とか持ってくるから、適当に本読んで待ってて」

「あ、おかまいなく……」

ぎこちなく言うあずみに、和玖君は口の端を上げるようにして笑うと、部屋を出ていった。

初めて入った和玖君の部屋は、壁の一面が本棚になっている。

雑誌や大型の本が面出《めんだ》しでディスプレイ出来るおしゃれなタイプのもので、自然科学に興味のある和玖君らしく、海外のネイチャー系雑誌の日本語版などが置かれていた。

綺麗に整えられたベッドの脇に腰を降ろし、せっかくなので普段はあまり読まない海外の雑誌をパラパラめくる。

載っていた特集はどれも興味をそそるもので、つい夢中になって読んでしまった。

両手に緑茶のグラスを持って戻ってきた和玖君は、机に自分のぶんのグラスを置き、もう一つをあずみに差し出した。

「あと、これ」

渡されたのは、大きめの絆創膏だった。

「ありがとう、すごく助かる」

（あ。でも、どうしよう）

受け取ったのは良いものの、困ってしまった。

自分でかかとに絆創膏を貼るには、どうしてもちょっと恥ずかしい体勢にならないといけない。

「俺、やろうか？」

あずみの様子に気がついたのかはわからないけれど、和玖君が申し出てくれる。

「あ、じゃあ、お願いしてもいいかな……」

和玖君はあずみから絆創膏を受け取って包装を剝くと、「ベッドに座って、足首こっちに向けて」と言った。

（丈の長いフレアスカートとかで来れば良かった……）

あずみが着ていたのは短めのワンピースで、間近で太ももを見られたらと思うととても恥ずかしい。

でも今さらそんなこと、和玖君はきっと気にならないだろうとも思う。

お付き合いしてキスをするような間柄なのだから、とあずみは気軽に考えることにした。

和玖君がすぐ横に来て、かかとにていねいに絆創膏を貼ってくれる。

皮が剝《む》けていたのは左足だったけれど、右のかかとも赤くなってしまっていたので、そちらにも保護のために貼ってもらった。

「これで、家までは大丈夫だと思うんだけど」

「ありがとう」

貼り終えて顔を上げた彼にお礼を言う。

和玖君は何も言わず立ち上がってあずみのすぐ横に座ると、腰の後ろに手を置いて顔をぐっと近づけてきた。

(あ、キス……)

胸が震えた。目を閉じるのと同時に唇が重なる。

そのキスは、いつもとは違った。

軽く啄《つい》ばむように口づけられた後、一瞬の間を置いて何度も強く唇が合わせられる。

やや乱暴に押し付けるような勢いに、あずみの頭が後ろに振れた。

閉じていた唇を押し開くようにぬるりと舌が入ってきて、先端どうしが触れた瞬間、体の奥がきゅうっと疼いた。

「……んぅ……」

頭がぼうっとして、くぐもった声が勝手に出てしまう。

その途端キスがいっそう性急なものになり、湿った音が部屋に響いた。

「……っ、」

（や、これ以上は……！）

まずい気がする。あずみは混乱して、キスを一度中断したくて、体を引こうとした。

しかし、彼はあずみが怯《ひる》んだのを逃さないとするかのように腰を抱き込み、ぐっと体を寄せてくる。

ふわっと視界が揺れる感覚があり、気がつくとあずみはベッドに押し倒されていた。

あずみが驚いて顔を上げると、眼前の彼はもっと驚いているように見えた。

まるで、自分でもどうしてそんなことをしたのかわからない、というような。

「……！　ゴメン」

和玖君はぱっと起き上がり、あずみもすぐに手を引かれて起きた。

硬めのマットレスがぎし、ときしむ。

焦って力の加減を上手く出来なかったのか、彼に握られた手首がじわりと痛んだ。

「……」

二人きりの空間が、気まずさで満たされる。和玖君はあずみの顔を見られないようだった。

「だ、大丈夫だよ」

何か声をかけた方が良いような気がして、あずみは意識して明るい声を出した。

「ちょっとびっくりしたけど、気にしないで」

「本当にゴメン……」

あずみが言い終わらないうちに、和玖君が謝ってきた。その表情と声色には強い後悔が滲んでいる。

「大丈夫。私、気にしてないから……」

「俺、最低だ……大切にするって言ったのに」

和玖君は自分を責めている。あずみはどうしようか迷って、彼の手に自分の手を重ねた。

「そんな、最低なんて言わないで欲しいよ」

和玖君がこちらを見る。あずみはその頬にゆっくり手を伸ばして、そうっと触れた。

こんなことで、私は嫌いにならない。その気持ちが彼に伝わって欲しいと願う。

和玖君は少しの間されるがままになっていたけれど、ふいにあずみの手首をきゅ、とつかまえて言った。

「……もう少し大人になったら」

「うん」

「セックスしたい。篠原さんと」

「……」

そんなことをあけすけに言われて、思ったほどあずみが動揺しなかったのは、それを口にした彼の表情にいやらしさなどはみじんもなく、ただただ誠実な思いが伝わってきたからだ。

「……うん」

一拍遅れて、返事をする。

言葉ではっきり言われると恥ずかしかったけれど、それ以上に彼に求められていることが嬉しいとあずみは感じていた。

「私も、したいよ。しよう。大人になったら」

気持ちを伝えると、和玖君は目を丸くした後、またキスをしてきた。

二章　きみのしらない僕の話

マンションのエントランスまであずみを送った後、自室に戻った創太郎は、ベッドに寝ころんで天井をぼうっと見つめた。

暑い。

少し体を冷やしたいと思った。ベッドの脇の壁に据え付けられたリモコンを操作して、一気に十六度の設定にする。

ほどなく低い音が響いて、冷風がすみずみまで部屋を満たした。

目を閉じると、ついさっきの彼女とのことが思い出される。

少し困った顔。潤んだ瞳。長いまつ毛。唇の色。

白い足首の、なまなましい赤い傷。

ワンピースの裾から覗く、太もものなめらかな肌。体を近づけた時の、髪の毛のにおい。

一つ一つが目に焼き付いている。

反芻《はんすう》すると、すぐに体が反応した。

そうなった時、どんな声で、どんな顔をして、彼女は。

創太郎は目を閉じ、これまでこんな時にいつもそうしてきたように、想像の中で彼女の素肌に触れた。

力加減を調節しながら動かしているうちに、抗えない瞬間が訪れて、熱く昂ったものが解放される。

用意してあったティッシュで拭きとって、ゴミ箱に放り込んだ。

ため息をつく。

冷静になると自分の汗の感触が気持ち悪かった。

シャワーで流したいと思い、Tシャツと下着、クロップド丈のスウェットパンツを用意して浴室に向かう。

汗を流して部屋に戻ると、玄関を解錠する音が響いてドアが開く気配がし、人の入ってくる音が聞こえた。

反射的に、体がぎゅっと強張る。

思っていたよりもかなり早く帰ってきたようだ。

あずみが帰るのがもう少し遅かったら、出くわしてしまっていたかもしれない。そう考えると冷や汗が出る。

ノックなしで部屋のドアがいきなり開いた。

「創太郎〜？　出かけてたの？」

母の、化粧の濃い顔が覗いた。

やはり帰ってきた。

「寒い！　ちょっと、温度下げすぎじゃない？」

「あ、おかえり。なんか、暑くてさ……」

わざとだるそうな声を出して答える。

「……シャワー浴びたの？」

可能な限り平静を装ったが、創太郎の濡れ髪を見て母は何かを感じ取ったのか、そう言ってこちらをじっと見つめた。

どちらかといえば野暮ったい印象を受ける濃いアイメイクの奥から、探るような視線がひゅっと部屋の中を一周する。

気づくな、気づくな……

「あんまり冷房きつくすると、体壊すよ」

母はあっさり言うと、ドアを閉めた。母の姿が見えなくなっただけで、どっと力が抜ける。

何かに気づいた気配はなかったように思う。

グラスは洗って水滴をふき取り、食器棚に戻した。床に髪の毛が落ちていないかも、掃除機をかけてチェックしていた。

そうした一つ一つの「痕跡を消す作業」をシャワーの前にやっておくべきかどうか迷って、先に済ませたのは正解だった。危なかった。

本人に自覚は全くないが、創太郎の母はいわゆる過干渉といわれるタイプの人間だ。創太郎の行動をすべて把握していなければ気が済まない。創太郎が少しでも気に入らない行動を取ると、金切り声で人格を否定してくる。

母は専業主婦だが、春先から毎週土曜日にカルチャースクールへ通っていた。終わった後は同じスクールの人たちとお茶をするなどして、夕方ごろに帰ってくる。だから、あずみを家に入れても大丈夫だと思っていたのに。

しかし、今日かなり早く帰ってきたところを見ると、またやらかしたのかもしれない。

母はコミュニティの中で、誰かと友人関係を保つことが出来ない人だった。

最初は友達が出来ると家に呼んだり呼ばれたりしょっちゅう電話で話すなどして、蜜月と言って良い親しい関係が続くが、これが長続きしない。

すごく良いお友達が出来たの！　と喜んでいたかと思えば、数か月もしないうちに顔を歪めて相手の悪口を言うようになる。

そんな人間にあずみを会わせたくはなかった。

創太郎は十二歳の時、同じ塾の女の子に手紙をもらったことがある。渡してきた時の状況やその子の表情から、おそらくラブレターみたいなものだと推測したが、創太郎がその手紙を読むことはなかった。

創太郎の塾用バッグから手紙を発見した母が、勝手に読んだ後に破いて燃やしてしまったからだ。

あの時の母は恐ろしかった。紙のように顔色を白くさせてぶるぶる震えながら創太郎をにらみつけた後、手紙の子とはもう会わせるわけにはいかないと言って、すぐに塾へ電話をかけた。

『まだ小学生のくせに男の子に色目を使うなんていやらしい。そちらではそういう行為を生徒に禁止していないのですか』

『とにかくその子の連絡先を教えなさい。親御さんに抗議します。教えないのなら本部にクレームを入れます』

こんな調子で、一時間以上に渡ってクレームを入れていたのを覚えている。

もちろんその塾にはもう行けなかった。辞めさせられたのもあるし、行ってもおそらくは白い目で見られただろう。

手紙の子と同じ中学になることを母は嫌がり、方々に無理を通して、中学校は家から少し離れた今の学校に通うことになった。

もちろん最初は納得が行かなかったが、通ってみると学校は母の行動範囲の外にあることがわかった。監視の目から外れている気がして心が軽くなるのを感じた。

部活動は禁止されたものの、委員会活動は『私も中学のとき図書委員だったの』という理由で許してもらえた。

その図書委員会で出会ったのが、あずみだ。

あずみのことは、初めて一緒にカウンター当番をした時からずっと気になっていた。

『お疲れ様です』

初めて一緒にカウンターに入った時、本を読んでいたあずみは、はにかみながら目を上げて創太郎に挨拶をし、目を伏せてまた読書に戻った。

男子とは違う、華奢《きゃしゃ》な体つきに、桃みたいなきめの細かい肌。彼女が動くたびに花のような香りがして、体の中で何かが疼《うず》く気配を感じた。

こんなことは初めてだった。

自分の想いをはっきりと自覚したのは、一年生の冬だったように思う。

ある日、家に帰ると誰かと友人関係が壊れた母がわめき散らして、うまく眠れなかった。気を紛らわせようとあずみのことを考えているうちに心が落ち着いて、眠ることが出来た。

それが、どういうことなのかを考えた。

入学してからあずみと付き合うまでに、もう顔も覚えていない先輩や同学年の女子何人かに告白されたけれど、すべて断った。

彼女でなければ意味がないのだと、今では思っている。

あずみは幸せな家庭で育った子なのだと思う。

誰かに愛されているからこそできる、屈託のない笑顔。裏表を感じさせない感情表現。

彼女は、創太郎にないものばかりを持っている。

彼女の弁当からもそれは伝わった。

創太郎の母は掃除や洗濯は完璧にこなすが、料理は「手が汚れる」という理由で嫌っていた。父親は遠方に単身赴任しているため、物心ついてから弁当を一度も作ってもらった記憶がない。

毎朝、母はその時財布に残っている小銭を昼食代として渡してくる。

金をもらえるだけでありがたいと思わなければいけないのかもしれないが、母が渡してくる程度の金額では菓子パンと飲み物しか買えない日が多いのが辛い。

創太郎の行動には執着するのに、食べるものにはほぼ関心がないのが不思議でならなかった。

そんな中であずみに食べさせてもらった手作りの唐揚げは、とても美味しかった。

スーパーで買い置きしておいた菓子パンをお礼にあげると、遠慮はしていたが彼女はにこにこして食べていた。

あの時は欲が出て、あずみが読んでいた本のことを話した。それなりに古い本で、まさか同じ本をあずみが読んでいるとは思わなかったので気分が高揚していたのだと思う。

目を輝かせながら本の感想を言うあずみはとても可愛らしく、生命力のようなものに溢れていた。

それ以降も、何度もあずみのことを好きだと思うことはあったが、母親のことが頭にあって、なかなか想いを伝える勇気が出なかった。

見つめているだけで自分は幸せだという想いと、このままだと彼女は他の男子と付き合うことになるかもしれないという恐怖がそこにはあって。

実際にあずみのことを良いと思っている男子は複数いるようだった。

葛藤が続く中、季節は秋になって、あの日がやってきた。

同じクラスでバレー部の川谷は、あずみのことを気にしている男子のうちの一人だった。帰りのホームルームの後、帰り支度や掃除の準備で一気に騒がしくなった教室の一角で、川谷が仲の良い運動部の男子に『がんばれよ！』、『お前なら大丈夫』と冷やかされていたのを聞いて、胸がざわざわしたのを覚えている。

その日はカウンターの当番ではなかったが、当番に入る予定だった陽菜は用事が出来たとかで、急遽創太郎が当番を代わっていた。

ひと気のない図書室で落ち着かない時間を過ごし、あずみが顔を真っ赤にして図書室に入ってきた時には、とても焦った。

もしかして川谷に告白されたのか。付き合うことになったのか。誰かのものになってしまうという恐怖が現実になってしまったのか。

恋人が出来た直後で浮き立っているようにも見えなかったが、創太郎はもう、なりふりかまっていられなかった。

『川谷と付き合うの』

自分の無謀さと極度の緊張のせいで頭の上の方がちりちり痛み、視界がぐらついていた。

『それが和玖君と何か関係あるの？』

突き放すような言葉が返ってきたことには動揺した。確かにそうだ。彼女の反応はもっともだった。

創太郎の気持ちを知らないあずみからしたら、どうしてここまで踏み込まれなければいけないのかと思うだろう。

ゴメンと言ってこの話は終わりにした方が良いのだろうか。

少し迷ってから、自分は腹を決めたのだった。

『あるよ。俺、篠原さんのことが好きだから』

告白すること、気持ちを伝えることは相手を振り向かせるための手段ではないと自身の経験から知っていたはずなのに、後戻りの出来ない境目を自ら乗り越えてしまった。

彼女は驚いた顔でこちらを見て、思いがけないことを言った。

『私も、和玖君のことが好きです』

自分にこんな幸せな出来事が起こるとは思っていなかった。

その後初めて一緒に学校の外へ出ると秋の匂いがして、体に入っていた力が少し緩んだ。

万が一母親に見られていたらという恐怖があったが、それ以上に隣を歩くあずみが可愛らしく、目を見て何か言われると恥ずかしくて顔を直視出来なくなった。

朝いつも立ち寄るコンビニが見えて、一緒に帰れるのはここまでだと見切りをつけた。

名残惜しそうな彼女を見ると、自分ももっと一緒にいたいという気持ちになったけれど。

別れ際に告げたのは『大事にする』という決意の言葉だった。

その言葉をどう受け取ったのか、あずみはぽかんとしていた。それを見ると恥ずかしさがこみ上げてきて、別れの挨拶をする時には顔を見られなかった。

昼それなりにたくさん食べたのに、もう腹が減っている。今日はランチにけっこうな額の金を使ってしまったので、また月曜から切りつめなければならない。

母親は本や服は頼まなくてもいくらでも買ってくるが、創太郎には昼食代以外の現金を滅多にくれなかった。

父親はほとんど帰ってこず、祖父母ともここ数年は疎遠なので、現金をくれる大人がいない。たまにあずみと出かけたり食事をするためには、やはり学校での昼食を節約するほかない。

早く大人になりたいと思う。

大人になれば働くことが出来る。そうすればこの家を出て母親の干渉から逃れ、自分の金であずみに食事をごちそうしたり、アクセサリーなんかのプレゼントを買うことだって出来るはずだ。

未来のことを一通り空想した後、のろのろと起き上がり、創太郎はリビングに向かった。

母が街中へ行くときはたいていデパ地下でケーキや総菜を買ってくるので、それをつまもうと思ったのだ。

予想どおり、ダイニングテーブルの上にはいろどりが綺麗で高価そうな総菜のパックが袋に入ったまま、無造作に置かれていた。

ソファに座ってワインを飲みながら夕方のテレビ番組を眺める母の機嫌は、とくに悪くはなさそうだった。

「母さん、これ食べていい？」

「どうぞー、食べていいよ。冷蔵庫にプリンとケーキもあるから」

創太郎は食器棚から手ごろなサイズの取り皿と箸、グラスを二人分出して、ペットボトルの冷えた緑茶をテーブルへ持ってくると、早めの夕食にすることにした。

まずはサラダからと思い、芝海老とアボカドのサラダを口に運ぶ。

アスパラが入っていて、歯ごたえが良い。レモン風味のマスタードドレッシングが爽やかでとても美味しかった。

正直なところ市販の総菜の味には飽きたと思っていたが、やはりデパ地下のものは違う。

パックにあるラベルがなんとはなしに目についた。このサラダはなんと百グラム当たり五百九十八円もするらしい。

母はこういう総菜をしょっちゅう買ってくるので、月にかかる食費はなかなかのものだろうな、と推測する。

続いてキッシュに手を付けていると、母も食べることにしたのか、創太郎の向かいの席に腰を降ろした。

母の呼気からは、既に酒の匂いがする。

足元には創太郎が私服でよく着ているブランドの紙袋が置かれていた。

また何か買ってきたのだろうか。

「どう？　美味しい？」

「美味いよ。サラダのドレッシング、良い味」

「ふーん。お母さんも食べようっと」

母は芝海老のサラダに箸を伸ばして自分の皿に盛ると、いただきます、と手を合わせた。

「わ、ほんと。美味しいね、これ。酒に合うわぁ」

そう言ってどんどん食べる。創太郎もドライトマトとひき肉の入ったキッシュを口に運び、二人はしばらくの間食事に集中した。

「ところでさー、創ちゃん」

そろそろ満腹になってきたところで、母が話しかけてくる。

その顔を見て、創太郎は動けなくなった。

母の口元は吊り上がっていたが、目がまったく笑っていない。

これは、かなり怒っている。

「お友達を家に入れたの？」

「あ……うん。……ゴメン」

気圧され、咄嗟に肯定してしまった自分に血の気が引いた。

「いや、ゴメンじゃなくて。お母さん、誰かが来るなら事前に教えておいてっていつも言っているよね？」

「……ごめんなさい」

「誰？　誰が来たの？」

男子の友達が来たと言っておけばそんなに怒らないだろうということは、予想がついた。

「同じクラスの男子バレー部の奴。今日練習なかったみたいで、うちに古いＳＦとかあるって言ったら、見てみたいって……本が好きなんだよ、そいつ」

「ふうん。じゃあこれは何？」

母が足元の紙袋からつまんで持ち上げたのは、創太郎が日中に着ていたＴシャツだった。シャワーを浴びるときに脱衣かごに放り込んだものだ。

よく見ると、髪の毛が一本、貼りついていた。

シャツの地がネイビーだから逆にわかりやすい。ほんの少し茶が入った、明らかに女のものとわかる、長めの髪の毛。

あずみのものだった。

後から思えば、出かけている時にいつの間にかついていたなどと誤魔化しておけば良かったのだが、この時の創太郎は完全に不意を突かれていて、うまく立ち回れなかった。

今まで彼女と一緒にいても、髪の毛なんてついたことはなかったのに。自分があずみに必要以上に体を密着させたからだ。

体が緊張して、指先が強張《こわば》る。喉が閉じてしまったようになって、言葉がなかなか出てこなかった。

「……そ、」

「女の子が来たんでしょう」

顔色を失った創太郎を見て、母は確信したようだった。

「髪の毛がつくくらい、親しいの？　彼女？　なんで嘘をつくの？」

嘘をついたのは母がこうなることが怖かったからだ。

「……彼女だけど、母さんが心配するような子じゃないよ。俺なんかよりずっときちんとした子で」

「親が不在にしてる男の子の家に勝手に入っておいて、どこがきちんとしてるの？」

「違う……俺が家に入れたんだよ。委員会が同じ子で」

強張る拳にぎゅっと力を込めて、ありのままを説明する。

「図書室に入れる本を買いに行ったらその子の足が靴擦れしてて、そのまま帰るのは痛そうだったから、」

「言い訳するな!!」

するどい怒気を感じて肩が跳ね、頰がびりっとした。

その後、母は創太郎が何を言っても聞き入れなかった。

自分で言った言葉にさらに腹を立てて、どんどんヒートアップしていく。

「まったく、学区外の中学になんて入れるんじゃなかった。親の目の届かないところで盛りのついたメスガキがコソコソ家にまで。いやらしい。汚い」

そしてついに、創太郎が恐れていたことを口にした。

「何ていう名前なの？　その子。おうちの連絡先はわかるの？」

「……やめて」

「三年生で図書委員？　学校に聞いてみないと」

「なんでだよ！　やめろよ……」

勇気を振り絞って抗弁したが、幼いころから母の理不尽な叱責を受けていた創太郎の体は、すでに力が入らなくなっていた。

抵抗せず、ただ嵐が過ぎるのを待っていた方が得策だと体が覚えているのだ。

「どうして？　お母さんはね、あなたの親として、責任を果たさなきゃいけないの。あなたをきちんとした大人に育てなければいけないの。だから、害になるものは徹底的に排除するの」

ダメだ。手に負えない。彼女を守るには、どうしたら。

水分を摂ったばかりなのに、喉の奥がからからになっていた。

「でもね、良い機会だったわ」

母は大きく息をつくと言った。

「……え？」

「お父さんの単身赴任先に引っ越しましょう。調べたらね、偏差値の高い男子中があるの。創太郎の成績ならたぶん大丈夫。中高一貫だから、高校もそこに通えばいいし。このマンションは引き払うか、人に貸すわ」

「……ちょ、ちょっと待ってよ」

検討しているとかではなく、もう決まったことのように話す母に困惑する。

「……そんな急に言われても……なんでだよ」

「なんでって、家族はみんな一緒に暮らすのが良いに決まってるじゃない。お父さんは創太郎を落ち着いた環境で、って言っていたけど、お母さんはずっとそれは違うって思ってたの」

父が単身赴任を決めたのは創太郎のためでも、母のためでもある。

環境が変われば、おそらく母は今よりも情緒不安定になる。そうなると一番辛い思いをするのは創太郎だから、少しでも落ち着いたところに長く住み続けられるようにとこのマンションを買ったのだ。

「とにかく、もう決めたことだから。学校には問い合わせないことにするけど、月曜からはその子のこと無視しなさい」

絶句した。もうあずみと話すなというのは無理な話だ。

抗議しようと口を開きかけた創太郎を牽制するように母は続けた。

「まだその子と付き合うつもりなら、お母さん黙ってないからね。ちょっと調べたら本人のことはもちろん、親御さんのこともわかるだろうし。親御さんの勤め先に連絡しようか?」

創太郎はもう何も言えなかった。

「もうその子とは一言も話す必要ないからね。お母さんのカルチャースクールにね、創太郎の中学の同じ学年に娘さんがいる人がいて、お友達になったから」

どこまで本気なのかはわからなかったが、監視をつけると言っているのだろう。

とにかくすぐに関係を絶たなければ、あずみの家族にまで嫌がらせをするということだ。

「創太郎は男の子だし、まだ早いと思ってたけど、明日契約してくるから、今度からは携帯電話を持ちなさい。創太郎がきちんとしているか、お母さんが電話をかけて確認するから」

怒りと絶望でどうにかなりそうだった。

明らかにおかしいことを正論のようにまくしたてる母親にも、こんな事態を招いてあずみを危険にさらした自分自身にも。

創太郎は席を立ち、無言でリビングを後にした。

母は何も言わなかった。創太郎が自分の言った通りにするしかないことを見抜いている。

創太郎は真っ暗な部屋の中で、肌寒さを感じて目を覚ました。いつの間にか夜の遅い時間帯になり、開いた窓から風が吹き込んでカーテンを揺らしている。

洗面所に行き、顔を洗って歯をみがくと、布団に潜り込んで丸くなる。

彼女を人質に取られたようなものだった。

目が冴えて眠れず、思考が巡った。

あずみ。転校。離れなければならない。どうしてこんなことに。どうしたら。

結局その夜はほとんど眠れず、気がつけば朝になっていた。


その日の朝、あずみは玄関を出て空を見上げた。

よく晴れていて日差しが力強く、空がだんだん夏の色になってきているのが感じられた。

一週間の始まりが快晴だと、嬉しい気持ちになる。

あずみが教室に着くと、陽菜はもう席にいてスクールバッグから教科書やノートを取り出していた。

「おはよう陽菜」

「おはよー。本買えた？」

「買えたよ。人気の本は電話して、取り置きしておいてもらったし」

「そお、良かったね。本は和玖君が持ってきてくれるんだっけ？」

「うん。朝のうちに図書準備室に運んでおいてくれるって」

「へー、まだホームルームまで時間あるし、ちょっとあたしも見ておこうかな。下級生に選書の内容聞かれてわからなかったら、委員長として恥ずいし」

図書準備室に着くと和玖君が来ていて、こちらを振り返った。あずみと合った視線はすぐに逸らされて、長机に置かれた本の上に移る。

（あれ、体調良くないのかな）

和玖君に目を逸らされることは珍しくないのでそんなに気にならなかったけれど、ちらりと見えた彼の目の下にはうっすらとクマがあるように見えた。顔色も良くない気がする。

それも気になったのは一瞬で、あずみは昨日彼の部屋であったことを思い出して顔が熱くなった。

「和玖君おはよー」

「おはよう」

陽菜は元気に、あずみはいつも通りを心がけて声をかけた。

「……おはよう」

少し間を置いて、和玖君から挨拶が返ってくる。

やっぱり、元気がない。声がわずかに掠《かす》れていた。

「おー、あの映画の小説版だ。ネットで人気のやつもあるね」

「そうそう、今中高生の間で話題って聞いて、選んでみたんだ」

「あたしでも知ってるのばっかりだし、これなら皆にウケそう。今までの三年が選書した本って、自分たちが読みたい本優先ぽかったもんね」

陽菜の言葉にあいづちを打っていると、硬い金属の音が響いた。

「ごめん、俺急ぐから鍵お願いしていいかな」

机に鍵を置いた和玖君が、足早に図書室を出て行ってしまう。

陽菜が目を丸くしていた。

「和玖君、どうしたんだろね？」

「うん……体調悪いのかな」

なんだか悪い予感がする。


違和感を覚えた日から、数日が過ぎた。和玖君はあれから一言も口をきいてくれないし、一緒に帰ることもなくなった。

彼の態度があずみの勘違いや偶然ではないことは、もうわかっている。

理由がわからないので、ただ困惑するしかない。

話し合えるのなら話し合ってまた元通りになりたいのに、はっきりと避けられている。

そこまで徹底されると、ああ、自分は彼に嫌われたのだという考えが頭によぎって、何も出来なくなった。

和玖君との間には見えない壁があって、もう自分と彼の領域は決して交わることがないのだという事実を突きつけられている気がした。

　そうしているうちに二週間くらいが経って和玖君が学校に来なくなり、転校したのだと聞いた。

　陽菜がどこかから聞いてきた話によると、関西の方へ引っ越したらしい。

　関西というと、和玖君のお父さんが単身赴任で行っているところだ。

　嫌いになったとはいえ、どうして自分には何も話してくれなかったのだろう。

「大事にする」と約束したのに。

　もう少し大人になったら、もっと近づきたいって言っていたのに。自分もそうなりたいと答えたのに。

　突然の別れはあずみの心を凍りつかせたまま、暗い梅雨の日々が続いた。

　梅雨が明けた後は陽菜と夏期講習に通い、志望校を選定したり模試を受けたり受験勉強に集中しなければならなくなって、忙しくしているうちに中学校生活は終わった。

三章　奇跡と奇跡の起こる家

六月初旬。

不動産会社の営業マンが運転する車に揺られて、あずみは窓の外を通り過ぎるのどかな景色をぼうっと眺めた。

東京から新幹線と在来線を乗り継いで二時間くらい。この県の中核市に本社を置くとある会社に、オンライン面接を経て転職が決まったのは先月のことだ。

中学からの友人に「それ、なかなかのブラック企業だよね。大手なのに」と言われる会社で、課長代理のご機嫌をうかがいつつタイミングをはかりつつ、同僚に根回しに根回しを重ねてスケジュールをこじ開け有給をもぎとって、今日は引っ越し先を探しに来たのだ。

賃貸契約の書類のやり取りや、引っ越しの準備期間などを考えると、なんとしても今日一日で家を決めなければならない。

それなのに。

「うーん、やっぱりタイミングがねぇ、悪かったかもですね」

高橋と名乗る、六十代半ばくらいの人の好《よ》さそうな営業マンが、いかにも弱り切った声でぼやいた。

「今向かってるのはさっき資料をお渡しした、家賃二万円管理費込みで築五十五年、風呂トイレ共同のコーポ日暮《ひぐらし》っていうところですけど、お客さんみたいな若いお嬢さんはあまり好きじゃないと思うんだよなぁ。いまどき水洗トイレじゃないみたいだし……駅とか繁華街に近くて便利っちゃ便利だけどねぇ」

「でもとりあえず見せていただければ……意外と気に入るかもしれないですし」

口ではそう言いつつ、あずみの中には不安な気持ちしかなかった。

この一帯は駅近くの商業地域を除けば、畑や水田、森林の多いかなりのんびりしたところだが、繁華街の近くはやはり治安が悪いイメージがある。

それに、古い共同住宅の錠は旧式のものが多くピッキング行為が容易なため、お金を持っていそうな家よりも、よほど空き巣に狙われやすいと聞いたこともある。

近隣の住人の質についても気になるところだった。闇金融について描いたアングラ漫画の登場人物みたいな人が住んでいたら怖すぎる。

「他の駅のところも似たようなもんだしなぁ。あとは役所の近くから車で通うかだよね……でも今は良くても、冬は電車も道路も大雪でしょっちゅう止まるしねぇ」

「通勤が大変なのはちょっと……車もないですし」

「やっぱ車は必要かもね。車があるっていう前提ならまだ他にも案内出来たんだけども、まぁそんなことを言っても仕方ないよね」

高橋氏が言い終えるのとほぼ同時に、携帯電話の着信音が鳴り響いた。

「ちょっと停まって話してもいいかい？」

「あ、どうぞ。かまいません」

高橋氏は路肩に車を停止させ、胸ポケットからガラケータイプの携帯を取り出して、元気いっぱいに通話を始めた。

「もしもし！　あ〜、お世話になってます！　その節はどうも……いや〜！　こちらこそお礼を言わねばなんないでしょう！」

相手は親しい人だったのか、わははは！　とあまりにも豪快に笑うものだから、あずみももらい笑いをしてしまう。

この年代の男性特有のデリカシーのなさはほんのりと感じるものの、高橋氏は見た目どおり情に厚そうな人だった。

今から二十分少し前、閑散とした駅前のロータリーで、今にも泣き出しそうな灰色の空の下、取り残されたような気持ちになっていたあずみを迎えに来たのが、この高橋氏だ。

ドアを開けてもらってあずみが「よろしくお願いします」と後部座席に乗り込むと、彼は挨拶もそこそこに車を発車させたのだった。

そうして開口一番に言い放ったのが「いや〜、今この辺り、全然部屋がないんです。参った！」。

戸惑いつつ「あ、そうなんですか」と調子を合わせて聞いたところによると、市で一番大きい建設会社が海外からの労働研修生を多数受け入れることになり、ただでさえ少ない駅近物件の空室は、単身者向けからファミリー向けの借家までほぼ借り上げられてしまったらしい。

本当に、なんというタイミングの悪さだろう。というより、通勤圏内であれば多少不便でものんびりしたところで暮らしたいなどと考えたこと自体が早計だったのだろうか。

高橋氏が通話を終え、車が走り出す。

小さくため息をつきながらフロントガラスに目を向けると、青々とした竹林沿いの歩道をおばあさんが歩いているのが見えた。

散歩だろうか。なぜだかあずみは、そのおばあさんから目が離せなかった。

「あっ、奥さん」

不意に高橋氏が素っ頓狂な声を上げたので、びくりとする。

「え？」

「ああいや、ごめんね。ちょっと一人車に乗せても良いかな。知り合いなんだけど」

「は、はい。私は大丈夫です」

混乱しながらあずみが承諾すると、高橋氏は車をバックさせて、おばあさんのいる歩道へ横付けし、助手席側に身を乗り出して窓を開けた。

交通量の少ない道とはいえ、やることが大胆だ。

「ワクさんの奥さん！　家に帰るの？　乗っていく？」

ワク、という名字の響きに胸の奥がちくりと痛んだ。時間が経っても消えない、あずみの古傷のようなもの。

浮かびかけた感情がはっきりとした輪郭を帯びないうちに、意識を他に向ける。

ワクさんの奥さん、と呼びかけられたおばあさんは七十代くらいの上品そうな身なりの人で、買い物帰りなのか重たそうなエコバッグを片手に下げていた。

突然車から声をかけられたことに驚いたようだけれど、「あら、高橋さん」と意外にも若々しい声でおばあさんは応えた。

ああなるほど、とあずみは思った。

この時間帯、このあたりを走るバスは二時間に一本あるかないかだったはずだ。うっかりそれに乗り遅れた場合、数キロの道のりでも歩いたほうが早いこともある。

駅から離れてしまえばバスや車が必須の交通手段になるこの辺りでは、知り合いのお年寄りを車に乗せてあげることは別段珍しいことでもないのだろう。

「あらそんな、お仕事中でしょう」

高橋氏に車に乗るかを聞かれたおばあさんはそれを断り、後部座席のあずみに目を留めてやんわりと目礼した。

「少し歩いたほうが運動になるし良いのよ、気にしないで」

そうは言っても、右手に提げたエコバッグはかなり重たそうだ。

元気そうな人だけど、なんだか放っておけない。空に厚くかかった雲はにぶい灰色をしていて、今にも雨が降りそうだった。

気がつけば、あずみはドアを開けて外に出ていた。

「あのっ、一緒に乗っていきましょう！」

食い気味に言い放ったあずみを、おばあさんが目を丸くして見上げている。

濃い湿気をはらんだ生ぬるい風が吹いて、土の匂いを運んできた。


車が走り出してすぐに、細かい雨が降ってきた。

あずみの部屋探しが難航していることを聞くと、おばあさんは「まぁ」と言って驚き、気の毒そうな顔をした。

「大変だったわねぇ。部屋が決まらないと落ち着いて引っ越しの準備も出来ないでしょう」

「そうなんです。仕事の関係で、内見は今日しか出来なくて。なので、どうしても今日中に決めたかったんですけど……」

住むところがないまま、転職先の初出社を迎えてしまったらどうしよう。

あれこれ考えると、気持ちが暗くなってくる。

おばあさんはため息をつくあずみをじっと見つめて、びっくりすることを言い放った。

「あなた、うちに住んだらどうかしら」

「えっ！」

おばあさんの唐突な提案に、あずみは驚いて固まってしまった。

運転していた高橋氏が自分の利益がなくなってしまうかもしれないというのに、「それは良いね！」と同調する。

「古い平屋だけれど、それなりに手入れして綺麗にしているつもりよ。とにかく部屋は余っているし」

「え、え、そんな。良いんですか？」

会ってから一時間も経っていない、得体の知れない女を自分の家に住まわせようだなんて、なんと度胸のある人なのだろう。というか、変わっている。

でも、あずみとしては願ってもないような話だった。

さっそくおばあさんの家に向かい、家を見せてもらうことになった。

車を降りると、雨上がりの草木の濃い匂いがする。肺の中から浄化されるような、気持ちの良い空気だった。

青々とした山を背に、その家は建っていた。

「わ、すごい……！」

築約六十五年だという平屋建ての家は、純和風のたたずまいで、まるで歴史ある日本旅館のような風情がある。

玄関の表札を見ると『和玖』になっていて、どきりとした。

和玖という名字の家が日本に何世帯あるのかはわからなかったけれど、なかなかの偶然なのではないだろうか。

十年も前の中学生だった時に付き合っていた男の子のことを、こんな風に引きずるなんて自分でも思いもしなかった。

もう顔もうっすらとしか思い出せないのに。

そう考えかけて、あずみはぐっと眉間に力を入れた。

今は、内見に集中しなければ。

せっかく見せてくれるんだから、上の空は絶対にだめだ。

通された応接間は換気が効いていて空気が清々しく、畳の良い香りがした。

「亡くなった主人が家のことにはお金を惜しまない人でね。遺言書に家の改修についての構想を書き残すような人だったの」

応接間でお茶をいただいた後、家の中を見せてもらった。

タイル張りのキッチンはこの家の雰囲気を損なわないように使いやすくリフォームされていて、ＩＨクッキングヒーターが設置されている。

最新式の水洗トイレと、白いタイル貼りがなんとも可愛らしい浴室を見せてもらう。水回りを優先に案内してくれたのは若いあずみへのおばあさんの心遣いなのだろう。こまやかな人だなと感心した。

　庭の見える、ラタンのチェアセットが置かれた縁側を歩く。この辺りでは今が紫陽花《あじさい》の花どきらしく、紫や青、桃色のこんもりとしたまるい花が、雨上がりの濃緑の葉に映えてとても美しかった。

　次に向かったのは書斎つきの奥座敷だった。

　大きな掃き出し窓の上には蔦《つた》をモチーフにした透かし彫りの欄間《らんま》があって、葉の部分に緑の色ガラスがはめこまれていた。

　目にとまりやすい欄間だけでなく、よく見れば襖《ふすま》の引手にも細かい装飾が施されている。日本家屋についての知識はまったくないけれど、おばあさんのご主人は風流人と呼ばれるような人だったことが想像できた。

　すごい。物語に出てくる家みたいだ。

　心の底から良いなと思えるものに出会うと、陳腐な感想しか出てこなくなる。これはあずみの昔からの癖だった。

「ここが奥座敷ね。うちに来るならここに住んだらいいわ」

　八畳の和室には何も荷物などは置かれておらず、黴《かび》臭さも一切感じない。

　書斎には壁一面を使った作り付けの本棚とソファがあって、ゆったりと読書を楽しめる空間になっているようだった。

　おばあさんはあずみがこの家に住むことが既に決まっているかのように、押し入れの襖は外した方が若い人には使い勝手が良いかもしれないだとか、箪笥《たんす》や鏡台がいるなら持ってこさせるだとか、いろいろとあずみに気を回してくれた。

あずみの中にも、ここで暮らしてみたいという期待感がどんどん芽生えている。

あの縁側のラタンの椅子で、庭に咲く季節の花々を眺めながら読書をしたり、お茶を飲んだりしてみたい。

「あの……私、ここに住みたいです。でも本当に良いんですか……？」

おばあさんはにっこり笑った。

「あなたみたいな可愛らしい子、むしろこっちからお願いしたいくらいよ。あ、そうそう！」

やや大仰な仕草で手をたたくと、おばあさんは思い出したように言う。

「もう一人同居人がいて、私の孫なんだけどね。良かったら仲良くしてやって。歳も同じくらいだから」

「そうなんですね」

あっさりあずみの同居を許すということは、女の子だろう。気が合って友達になれたら良いな、とあずみは考えた。

「もしかしたら、あなたと同じ会社かしらと思うのだけど。ええと、あなたはどこにお勤めするんだったかしら？」

「ヤマノ化成です。隣の市の」

「あら！　やっぱり一緒だわ。ご縁ねぇ……」

おばあさんは目を細めて笑った。なんだかうきうきしているように見える。

その後あずみは美味しいお茶と生菓子をごちそうになり、宅建の資格を持っているという高橋氏がいろいろと契約について説明してくれた。

帰りの新幹線の時間がせまっているため後はメールと郵便でやり取りをしようということになって、あずみはおばあさんに見送られ高橋氏の車に乗り込むと、家を後にした。


そんな出会いがあってから二週間と少し。

あずみは早く新しい生活をスタートさせたくて、仕事の引継ぎを文句の付け所のない完ぺきなマニュアルを作成することで、早々に終わらせた。

退職が決まった当初はとにかくきちんと引継ぎをしなければ、と肩に力が入っていたけれど、今ではわからないことがあれば電話やメールで聞いてくれたら良いと気楽に考えている。

そもそも先輩や上長がいるのだし、入社して十年も経っていないような平社員がそこまで気負うのはむしろおこがましいのかもしれなかった。

タクシーを降りると、また自然の匂いを感じる。

平屋建ての日本家屋は、凛《りん》としてそこに存在していた。

背筋を伸ばし、「和玖」の表札の下にあるカメラ付きのインターフォンを、やや緊張しながら押す。機械の中で電子音が小さく響いた。

『はい』

男の人の声だ。

内心動揺したけれど、そこはあずみも社会人なので、常識的な言葉が自然と口から出た。

「あの、今日からお世話になる篠原です」

『……開いてますから、お入りください』

「はい。失礼します……」

（緊張する……！）

あずみは心臓をバクバクさせながら玄関の扉を開けた。キャリーケースは持ち上げる。小さな石の埋め込まれた立派な三和土に傷がついては申し訳ないので、転がすのはやめておこうと思ったのだ。

玄関に入った瞬間奥から涼しい風が吹いて、あずみはほっと息をついた。

「ごめんください」

奥に声をかけると、静かな足音がこちらに向かってきた。

姿を現したのは、あずみとそう歳が変わらないように見える背の高い男の人だった。

おばあさんの知り合いだろうか。親戚の人とか？

顔が判別出来る距離まで彼が近づいて目が合った時、あずみは息をのんだ。

するどい閃光のように脳裏を走った感覚としか、言いようのないもの。

もちろん、姿はあの時のままではない。でも、私はこの人を知っている。忘れてしまったと無理やり自分に思い込ませていた。

切れ長の瞳から目が離せない。少しの間見つめ合って、先に目を逸らしたのは彼の方だった。

この視線の外し方も、知っている。

間違いなく彼は、中学時代にあずみと付き合っていた和玖創太郎その人だった。

なにかを言いたかったのに、口をついて出たのは、あずみの感情とは関係のない言葉だった。

「……篠原と申します。今日からこちらにお世話になるんですが、あの、おばあ様はどちらにいらっしゃいますか」

ふたたび目が合い、感情の読めない顔で彼が答えた。

「……祖母はいません。その、街中の高齢者住宅に入ることが決まりまして」

「……え？　あ、そうなんですか……？」

「はい」

あずみは困惑した。体調を崩して、などではなくて良かったと思うけれど、この状況でおばあさんがいなかったら自分はどうしたら良いのだろう。

どういう偶然なのか、十年ぶりに再会した彼を前にして、咄嗟に事務的な態度を取ってしまい、この後どうしたら良いのか見当もつかなかった。

祖母ということは、彼はあの品の良いおばあさんの孫だということになる。

(同居の孫って、女の人じゃなくて、よりにもよって和玖君なの？　そんな偶然、ある？)

ありえない状況に直面して、脳の処理能力が低下していた。

「あの、今日からお世話になります。よろしくお願いします」

また事務的なことを言ってしまった。お世話になりますと言うのはこれで三回目だ。

というか、本当に一緒に住むのだろうか？

すさまじい後悔と、困惑の入り混じった感情があずみの胸に押し寄せた。彼との間に遺恨がないと言えば嘘《うそ》になる。

けれど、せっかくご縁があって再会を果たしたのだから、『久しぶりだね、元気だった？』と声をかけるのがおそらくは普通の反応なのに。

過去に口を聞いてもらえなくなって別れたという気まずさを、まだ自分は引きずっているのかもしれない。

それでももう、改めて部屋を探す時間はなかった。なにしろ明後日が入社日なのだ。何も考えずにここに住まわせてもらうしかないのだろうか。

「これ、お土産です。すみません、生ものなので冷蔵庫に入れていただけたら」

これ以上ないほど困惑している心とは裏腹に、あずみは仕事用の笑顔をつくり、買ってきたチョコレートケーキを彼に手渡した。

創太郎がハッとした顔になって手みやげを受け取ると、口を開いた。

「……玄関で長く待たせてしまって申し訳ありません、どうぞ上がってください」

ほんの少しだけ焦った様子で言う彼を少しの間見つめた後、あずみはパンプスを脱いで玄関へ上がった。

通されたのは、前回来たときも案内された応接間だった。

どうぞ、と座布団をすすめられてとりあえず正座をし、少しでも落ち着くためにゆっくりと部屋の中を見渡す。

あの時は和室の雰囲気にも映える真っ白いトルコキキョウが活けてあるのが印象的だったけれど、花器は片付けられたのかなくなっている。

うっすらと汗をかいた麦茶のグラスが差し出された。

「祖母のこと、驚かせてしまって申し訳ありません。歳のわりにフットワークの軽い人なんです」

「いえ、そんな……予定通りこちらにお世話になれるのであれば、私は気にしませんから」

嘘だった。

あずみは嘘をついてしまった。

もう、めちゃくちゃに気にしている。プラトニックな関係で終わったとはいえ、将来的には身体の関係を持ちたいと約束し合った元彼が十年ぶりに目の前に現れて、しかもこれから一緒に住むかもしれないというのだから。

ルームシェアみたいなものだと考えれば良いか……と無理やりにでも自分を納得させる

ほかない。

「篠原さんのことが決まってすぐだったんですが、青春時代を共に過ごした友人と数十年ぶりに再会したとかで。その人にすすめられて、同じ高齢者住宅に入ったんです。人気のあるところらしくて、空き室のあるうちに大急ぎで入居しました」

「ああ、それで……お友達と一緒なら、おばあ様も楽しく過ごせそうですね」

「はい。頼まれて何回か荷物を持って行きましたが、同じ年頃のおじいさんおばあさんが大盛り上がりで。カラオケしたりダンスしたり、とにかく楽しそうでした」

十年前の中学生の二人のままであれば、こんな状況ではお互いに黙り込んでしまっていただろうけれど、そこはあずみも彼ももう社会人で、振る舞い方というものを心得ていた。

心の中を困惑でぐるぐるさせたまま、「おじいさんおばあさんが盛り上がっているのを想像するととても微笑ましくて、思わず笑ってしまった」体《てい》を、あずみは装っている。

そんなあずみを見て、彼が微かに笑う。

口の端をゆるくつり上げる笑い方を見て、胸がぎゅっとなった。

この笑い方。変わっていない。

「篠原さん」

「は、はい」

考え事をしていたところに、少し改まった声色で言われてどきりとした。

彼は覚悟を決めるようにすっと息を吸い込んで、呼吸を整えるようにしてから言った。

「今日からはここが篠原さんの家だから。何も遠慮しないでね」

「……え、は、はい！」

彼が急に親しげに話してくれたことにどぎまぎしてしまった。それを何か不審にでも思ったのか、創太郎はあずみの顔をじっと見ている。

な、なんなのだろう。あまり見ないで欲しい。

もう社会人の事務的なやりとりは終わったのだろうか。

急に暑さを感じて、汗が噴き出す。風通しの良い家なので忘れていたけれど、今日のこの辺りの最高気温は三十二度だった。

鏡がなくて確かめようもない中で、自分の顔が赤くなっていないか気になってしまう。

視線がそっと外され、彼が口を開いた。

「篠原さんの荷物、いくつか届いてたから部屋に運んでおいたよ」

「ありがとう……」

感謝の言葉は思ったよりもスムーズに出た。

「前に来た時に一通り家の中は見たと思うけど、もう一回見ておく？　古い家だから、慣れてないと間取りがわかりにくいでしょ」

「あ……うん、じゃあ、お願いしようかな」

十年ぶりの再会についての言葉がないまま彼は立ち上がり、あずみも腰を上げようとして、足に力が入らずにふらついた。

「……っ」

短時間の正座だったのに、足がしびれてしまったらしい。

「大丈夫？」

彼のしなやかな手が、あずみの目の前に差し出される。

「ありがとう」

そう言って手を借り、顔を上げると、彼と間近《まぢか》で視線が絡《から》み合った。

彼の瞳には何かの感情があるように見えた。それが何なのかを確かめたくて、じっと見つめているうちに体が離れる。

一瞬近づいたように思えた二人の間の空気は、再びよそよそしくなっていた。

家の中を案内してくれている彼の言葉が上すべりせず、きちんと耳に届くのは、無理やり気持ちを仕事モードに切り替えたからだ。

彼があずみを振り返りながら言う。

「じゃあ、リビングから……」

玄関から入って右手に行くとリビングがある。ここは洋間になっていて、無垢《むく》素材のフローリング敷きだった。

ソファとローテーブル、つるりとした白い鉢に植えられたオリーブの木、それにテレビがあるだけのシンプルな空間だったけれど、幾何学模様のステンドグラスをあしらったペンダントライトが凝っていて、モダンな空間に仕上がっている。

リビングはキッチンとダイニングにつながっていて、入ってすぐに四人掛けのダイニングテーブルがある。右奥がキッチンだった。

前回見た時に印象的だった、壁の青いタイル。目地に汚れは一切なく、よく手入れされているのが伝わった。

これまでタイルのある家に住んだことがなかったので、後で手入れの仕方を聞いておかなければと思う。

「おばあちゃんの歳のこともあって、リフォームをした時にコンロはＩＨクッキングヒーターに換えたんだけど、炊飯器はわざわざプロパンガスを運んでもらって、それで炊いてるんだ。電気炊飯器と味が格段に違うから、これだけは譲れないって言われて」

黒い取手がちょこんとついた円筒型の炊飯器は、昭和の時代を舞台にした映画やドラマでよく見るような、白地にバラの絵が描いてある可愛らしいものだった。

キッチンは前回来たときにも見せてもらったけれど、遠慮して細部まではじっくり見ていなかったので、改めて見ると感動する。思わずおお……と声が漏れてしまい、彼に少し笑われた。

換気扇の横の吊り棚にはホーロー製の鍋が大小いくつかあって、とても可愛らしい。

「フライパンは全部鉄製だから、使う前後はちょっとめんどくさいけど」

　キッチンを正面にして右横には縁側があって、小さな菜園が見えた。

「ちょっとした野菜とかバジルなんかのハーブはおばあちゃんが育ててたのがあるから、必要になったらそこの掃き出し窓から出て、好きに使ってね」

　ダイニングの襖で仕切られたすぐ左横は仏間で、あずみは彼に申し出て仏壇に線香をあげさせてもらった。

　仏間から出て廊下を横切った先が洗面所兼脱衣所、入って右手に浴室。前回素敵だなと思っていた白のタイルはもちろん健在だった。廊下に戻り、奥へ進むと主寝室があるらしい。

「ここはおばあちゃんが使ってたけど、今は俺の部屋です」

　仏間に戻り仕切りの襖を開けると、八畳の中の間がある。

　さらにその奥の襖を開けると同じような八畳の座敷があった。人が集まるときには、襖をすべて開放して十六畳の大広間として使えるようだ。

「まぁ今は人が集まることはほぼないけど」

　中の間と座敷はラタンのチェアセットのある縁側に隣接していて、左に行くと玄関、右に行くと奥座敷に続いている。今のような暖かいときには掃き出し窓をすべて開け放ったままにするらしい。

　廊下の突き当りを右に曲がって進むと、トイレがある。

「だいたいわかったかな」

「うーん。間取り図がないと位置関係はまだふわっとしかわからないけど、廊下につながる場所さえわかればなんとか迷わずに済みそう、かな？」

「間取り図で見ると田んぼの田の字に似てるね。外周が廊下で、右の縦線の外側にキッチン、ダイニングとリビングがあって、下の横線は縁側兼廊下、上の横線と左の縦線は廊下」

頭の回転の速い彼らしく、つらつらと言葉が出てくる。あずみは必死に頭の中でそれを反芻《はんすう》したけれど、うまく像が結べなかった。

「じゃあ、篠原さんの部屋に行こうか」

あずみの部屋となる奥座敷に着くと、運んでおいてくれたらしい段ボール箱が数個、シートの上に置かれていた。

書斎へ続く襖が開け放たれていて、ずらりと本の並んだ壁が見える。

「書斎も、篠原さんのスペースとして自由に使ってね。在宅勤務の時とか。あとでWi-Fiのルーター持ってくるから。ごつくて強力なやつ」

「在宅勤務もあるんだね？」

そういえば、あずみと彼は同じ会社で働く先輩と後輩になるのだった。

（……とりあえず、出来るだけ顔を合わせる機会の少ない部署だといいんだけど）

「今は通常出勤がメインだけど、今後は在宅でも仕事が出来るように改革していくらしいよ。早ければ九月から段階的にって言ってたかな。総務の同期に聞いた話で、まだ社内では正式に発表されてないけど」

じゃあそんな感じで、あとは自由にしてねと彼は締めくくり、部屋を出て行った。

一人になったあずみはふう、とため息をついた。開け放たれた窓から、緑の匂いを含んだ気持ちの良い風が吹き込んできて、涼しい。

この窓に風鈴を吊るしたら、これから本格的に始まる暑い夏も快適に過ごせるに違いない。

それにしても。

この短時間で色んなことがあって、すごく疲れた。

新しい自分の部屋は涼しいし広いしで、とても心地よかった。

それでもあずみは窓際にしゃがみこむと、改めて大きなため息をついた。

そのままころんと横になる。

スカートがしわになるかも、と一瞬気になったけれど、畳の良い香りがしてどうでも良くなってしまった。

今日ここに来てから知らされたことがいろいろある。

友達と同じ高齢者住宅に入居したという、おばあさんのこと。正直かなりびっくりしたけれど、微笑ましいし、羨《うらや》ましい。自分も老後は気の合う人たちとそんな風に過ごせたら良いなと思う。

でもやっぱり、彼とのことが問題だ。

ひとまず敬語のやり取りはやめたし、一緒の空間にいることには短時間でほとんど抵抗がなくなっているものの、どういう接し方をしたら良いのかは自分の中でしばらくの間課題になりそうだった。

(彼女とか、いそうだけど私が同じ家に住んで大丈夫なのかな)

自分だったら、いくら広い家とはいえ同じ屋根の下に彼氏が他の女の人と一緒に住むのは絶対に嫌だ。

彼に恋人がいるかどうか聞く勇気は、到底なかった。考えただけで胸が痛くなる。というか、自分の気持ちばかりを考えていたけれど、彼はあずみがこの家に住むことに納得しているのだろうか？　本当は嫌だったらどうしようと考えると、悲しくて心細い気持ちになった。

差しせまった現実的な問題もある。ごはんは一緒に食べるのかとか、その場合あずみが作るのかなどもそうだし、共用スペースの掃除はどの程度、どのようにするべきかも確認しなければならない。

緊張で凝り固まった眉間をぐいぐいもみほぐして、少し考えを整理しようと目を閉じる。窓からふわりと夏の匂いのする風が入ってきて、あずみの前髪をゆらした。

疲れているせいか何もまとまらない。それどころか、眠気が襲ってきている。

これはまずい。荷物の片付けもあるし眠っている場合じゃないのに、と体を起こそうとしたけれど。

（ちょっとくらい休んでも、誰も文句は言わないよね……）

そのままこてんと倒れて目を閉じると、あずみは数分も経たないうちに眠ってしまった。

目が覚めると、窓からの日の入り方でもう夕刻に差しかかる時間になっているのがわかった。

（体、いたい……）

下にしていた左半身が鈍く痛む。あずみはのろのろと体を起こしてスマートフォンで時間を確認し、立ち上がった。

もうすぐ晩ごはんの時間だけれど、どうしたら良いのだろう。彼の分も自分が作って大丈夫だろうか。

『部屋着、ルームウェア』と書かれた段ボール箱からジーンズを取り出して足を通し、案の定しわになってしまったスカートを吊るした。

キッチンへ行こうと襖を開けると、そこは廊下ではなく書斎だった。寝起きの頭で開けるところを間違えてしまったようだ。

通り過ぎて廊下に行こうとして、立ち止まる。どんな本があるのか見ておきたいと不意に思った。

壁の本棚には、郷土史や民俗学、地質学などの本が並べられている。

どれもあずみがこれまでに接してこなかった分野のもので、背表紙の渋い箔押しのデザインが本好きの心にぐっと刺さるような、興味をそそる本ばかりだった。そのうち余裕が出来たら借りて読んでみたい。

中には貴重な本もあるかもしれないから、彼に聞いてからの方が良いだろうな、と考えつつ他の棚も見ていると、一般文芸の本が並べられた一角があって、見覚えのあるタイトルが目に入る。

彼と仲良くなるきっかけになった、ＳＦ小説だった。懐かしさがこみあげて、思わず手に取ってしまった。

禍々しい食肉植物を想起させる表紙を見ると、記憶の底に沈めていた彼との思い出が、堰《せき》をきったように溢れた。

初めて一緒に帰ったとき、秋の冷えた空気の中に金木犀の香りがしたこと。

寒波で雪が降ってすごく寒くなった冬の日の朝に、初めてキスをしたこと。

（……いろいろ、思い出しちゃった）

自分は彼のことがまだ好きなのだろうか。

よくわからない、とあずみは思った。顔を合わせて気づきはしたものの、「和玖くん」と彼では容姿もそれなりに違うし、十年という短くはない月日が経って、彼がどんな人間になっているのかを、自分は知らない。

でも、彼に新しい恋人がいるのかどうかを考えると、胸が痛くなる。

あずみはため息をついた。寝ていたせいか、喉が渇いている。

磨き抜かれた縁側を歩いてキッチンへ向かった。人の気配はない。彼は自分の部屋にいるのだろうか。

夕方になりかけの、薄黄色の光が窓から差し込んでいる。この時間になっても元気な蝉《せみ》の声が聞こえた。

窓の外にはやや雑草の多い畑があって、その周りを白い蝶が二匹、じゃれ合うようにひらひら飛んでいるのが見える。

あずみは少しの間その光景に見とれた後、ひどく心細い気持ちになった。

まるで出口のない夢の中にいるみたいな。

あわてて、部屋の中を見渡した。何も置かれていない、四人掛けのダイニングテーブル。作り付けの食器棚。タイル張りのキッチン。吊り棚に置かれた、白地に椿の花が描かれたホーロー鍋。壁際に吊るされた鉄のフライパン。

さっき彼が見せてくれたものたち。

頭の中で彼の声を思い出すと、妙に安心した。

ここは現実の世界だ。私は夢の中に迷い込んでなどいない。

もしかすると、自分は熱中症になりかけているのかもしれない。

飲み物をもらおうと考え、「入っているものも含めて自由に使って欲しい」と言われた冷蔵庫を開ける。

ペットボトルの麦茶を取り出し、水切りかごにあったグラスに注ぐと、一気に飲み干した。頭がシャキッとする。

（何か作るにしても、食材とかどうしたらいいのかな）

真新しいフレンチドアの冷蔵庫は、おばあさんがいなくなってから一度整理されたのかほとんど中身が入っていなかった。

麦茶、ミネラルウォーター、白いホーローの容器に入った味噌《みそ》らしきもの、未開封のバター、あずみの買ってきた手みやげしかない。

毎日の食事はどうしているのだろうか。

近くに商店があったはずなので、そこで買い出しして、今日は豪勢なメニューにしようとあずみは考えた。

財布とスマートフォンをエコバッグに突っ込み、『靴、ブーツ』と書いてある箱から少しくたびれてきたスタンスミスの白いスニーカーを持って玄関に向かう。

三和土にあるのは、東京から履いてきた自分のサンダルだけだった。

スニーカーを履いて玄関の引き戸に手をかけると、いきなりすりガラスの向こうに背の高い人影が映って、勢いよく戸が開けられた。

入ってきた彼と、鉢合わせた格好になる。思いのほか近い距離に体があって、柔軟剤と汗の混ざった香りがした。

胸がきゅうっとする。体が覚えていた、昔と同じ「和玖君のにおい」だった。

やっぱり私は十年という月日が経っても、今でも、彼のことが好きだ。

泣きそうな気持ちになって見上げると、彼もあずみのことをどこか放心したような顔で見ていた。

視線が絡み合う。

彼の瞳から目が離せなかった。心臓がばくついて、体の芯《しん》が熱く潤むような感覚がした。視界がぎゅっとせまくなる。

「……篠原さん」

しなやかな腕が伸びて、つかまれたのは手首だった。

肌の触れ合ったところから、甘い電気のような痺《しび》れが拡がる。

ぐい、と引き寄せられて、彼が体をかがめた。熱をともなった彼の瞳に抗えない引力のようなものを感じてゆっくりと目を閉じると、唇に柔らかいものがそっと触れた。

おそるおそる重ねられたキスは、数回交わされた後には熱を帯びた。淫靡《いんび》な音が響いて、腰がくだけそうになったところで、体が離れる。

目を開くと、間近に彼の顔があった。形の良い薄い唇がゆっくりと開くのをぼうっと見つめる。

「……結婚してください」

「えっ」

驚きが過ぎて、思わずあずみは冷静になった。もちろんそれは「はい」と返事をしたいところだけれど、再会して数時間しか経っていなくて、「またお付き合いしよう」などの言葉もすっ飛ばして結婚というのはいくらなんでも唐突ではないだろうか？

それに、中学生時代の事情について、自分は何も彼から聞いていない。

もしかして冗談かな、と思って彼の瞳を覗く。

そのまなざしは真剣そのものだったけれど、あずみの反応を受けてしだいに困惑していくるような色を帯びた。

やや気まずい沈黙が流れる。

「ごめん。先走りました」

「び、びっくりした……って、ひゃっ」

気持ちがゆるんだところでまた手首を引かれ、彼の体にすっぽりと抱き込まれる。

その胸からは、たぶんいつもよりもいくぶん速くなっている心臓の鼓動が聞こえて、あずみはお腹の底から愛おしさのような気持ちが湧きあがるのを感じた。

「……篠原さん、彼氏いるの？」

「……いないよ」

「いてもどうにかして奪うつもりだったけど」

大人になった彼はこんな穏やかでないことをさらりと言うんだな、とあずみは内心驚いた。

「和玖君は？」

「いないよ、もちろん」

その言葉に心の底から安心していると、ぎゅ、と抱きしめる力が強くなった。

「じゃあ、……また、お付き合いしてくれますか」

彼の言葉に鼻の奥がつんとする。すぐに言葉が出てこなくて、そのかわりにあずみはこくりと頷いた。それだけでも彼には伝わったようだった。

そのまましばらくの間、抱き合った。

この家に来た直後に二人の間にあったよそよそしい空気を思い出すと、くすりと笑いが零れてしまう。あの時は彼も緊張していたのだと今ではわかる。

「そういえば、どこかに行こうとしてた？」

「あ、そうだった。晩ごはんの買い物に行こうと思って」

「車出そうか？　いろいろ買いたいものがあるでしょ。冷蔵庫はあの通りほぼ空だし」

「え、良いの⁉」

車ならたくさん買い物が出来るし、何よりあずみのために車を出してくれようというその気持ちが嬉しかった。

「彼氏だからね」

そう言って彼が笑う。あずみは母親に「あんたは他の人に比べると喜怒哀楽がわかりやす過ぎる時がある」と言われたことがある。

その姿を大人になった彼にあらためて見せるのは恥ずかしい気がして、慌てて両手で口をおさえ、気持ちを落ち着かせた。

「車、こっち」と彼が手招きするのをあずみは小走りで追いかけ、車に着くと彼が開けてくれた助手席に「失礼します……」と乗り込んだ。

大きい道路に出るまでの間、なんとなくどちらもしゃべらず無言の時間が続いた。

聞きたいことはいろいろとあるし、話をしたいのに、何故だかまた緊張している。

先に口を開いたのは彼だった。

「ごめん、きちんと話すタイミングがわからなくて。あの家は俺の父の実家なんだ」

「そうなんだ……すごい偶然だよね」

「おばあちゃんから女の子を下宿させるって聞いて、しかもそれが篠原さんだってわかって」

真っすぐ前を向いて運転しながら、彼が静かな声で話す。

驚いて、すぐには信じられなかったこと。自分と再会したあずみが嫌な気持ちになるかもしれないから、この家を出ようかと思っていたこと。

「でも結局、出来なかった。もちろんおばあちゃんが急に家を出ることになって、篠原さんがあの古い家に一人で住むのは大変だっていうのもある。でもそれ以上に」

そこまで言って、彼が言葉を飲み込む。そして少しの間をおいて、また口を開いた。

「今さらかもしれないけれど、君に会って、謝りたかった。話をしたかった」

そんなことをぽつぽつ語った後、彼は黙りこんだ。

あずみは何も言えなかった。彼も何も話さない。

長い沈黙が続いた後、口を開いたのは彼だった。

「さっき結婚して欲しいって言ったの、本気だから。そのつもりで付き合おうね」

「……うん」

答えた拍子に、涙が零れそうになる。

「……っ、ごめん、泣いてる？」

彼が焦った声を出し、路肩に車を停車させると、あずみの方を向いた。

「あんなことがあったのに、一方的に結婚したいとか付き合いたいとか言ってごめん。しかも今日から同居することになって、ただでさえ篠原さんは複雑な心境なのに。俺のことがやっぱり無理なら、同居のことは改めて考えなおそう。俺が出て行って、家の維持はハウスキーパーに頼むのでもいいし」

「ち、違うの」

「……え」

「……私も和玖君のことが好き。また付き合えて、今日からいきなり一つ屋根の下に一緒っていうことがなんだかもう、……気持ちがいっぱいいっぱいで」

自分が嬉しいのか戸惑っているのか、よくわからなかった。でも、どちらもあずみの正直な気持ちで。

心の中を整理しようと頬に両手を当てようとすると、運転席から創太郎が身を乗り出してきて手首を捕まれ、唇が重なった。

「ん……」

不意の甘い感触に、額の奥が痺れる。

柔らかく、さらりとした感触の唇はすぐに離れていった。

「今度は絶対に離さない。愛してる」

真剣な声で言われて、あずみはこくりと頷いた。

「でも、あの時のこと、納得できる説明が欲しい。いつでもいいから」

「……うん。わかった」

後ろから車が追い越して行って、走行音が間近に響いた。創太郎とあずみの車も再び、ゆっくりと走り出す。

彼のことをこれからなんと呼ぼうか迷って、下の名前で呼ぶことにした。

「……創太郎君、雰囲気が変わったね」

普段は淡々としているように見えて、ああいう場面で――キスをするとき、少しだけ強引なのは変わらないけれど。

「十年も経てばいろいろあるからね。あの頃はまだ子供だったし」

彼はあの頃よりも更に背が伸びて、細身だけれど肩幅がしっかりとあり、華奢ではなくしなやかといった風だ。

「篠原さんは、綺麗になった。あの頃から可愛かったけど」

あずみは顔が熱くなった。からかわないで欲しい。

「本当に？　今も昔も、ぱっとしない気がするんだけど」

「……自分のことをそんな風に言うところは変わらないね」

そう言ってくすりと笑う横顔を見ると、いよいよ恥ずかしくてあずみは窓の外の景色を眺めることしか出来なくなってしまった。

彼が連れて行ってくれたのは地元の農協が運営している大きめのスーパーで、入ってすぐに地場野菜を扱うコーナーがあり、期待が高まる。

「今日は簡単に、手巻き寿司がいいかなと思ったんだけど」

あずみが提案すると、ショッピングカートを押しながら創太郎もうなずく。

「良いね、俺も食べたい。この辺は魚も美味しいよ、海が近いから」

こんなやりとりが気恥ずかしいけれど、嬉しい。

二人で話しながら地場野菜のところで足を止めた。生産者の名前が入った新鮮で立派な野菜がたくさん並べられている。しかも安い。

「すごいね……！　明後日から仕事だし、いろいろ買っておいた方が良いかな」

テンションが上がって創太郎に言うと、思いのほか反応が薄かった。

「うーん。あまり最初からたくさん買わない方が良いと思う」

「え、そう？　野菜、あまり好きじゃないの？」

「いや、好きだけどね。取りあえず今夜と明日の朝の分だけにしよう」

いま一つはっきりしないのが気になったけれど、とりあえずはその言葉にしたがうことにした。

ほうれん草一把と一袋三つ入りのトマト、それに創太郎のリクエストで早生《わせ》ミョウガをかごに入れる。

あとは手巻き寿司に使う大葉が欲しい。大葉の存在なくして手巻き寿司は完成しないとあずみは勝手に思っていた。

「大葉は二十枚くらい買いたいな」

「大葉も買わなくて良いよ。庭で採り放題だから」

創太郎の言葉にあずみは目を輝かせた。

「……どうしたの？」

「大葉が採り放題なんて、素敵すぎる！　買ったら十枚百円が普通なのに」

あずみが感激しながら言うと、創太郎はあずみの顔をじっと見つめた後にふいっと顔を背けた。

「え、何？」

どきりとして思わず訊ねる。

「いやごめん。ちょっと可愛いすぎて。……お刺身見に行こう」

そう言ってさっさと行ってしまった彼の、後ろ姿から見える耳が赤いのがわかって、胸がぎゅっとなった。

鮮魚コーナーでは、創太郎が手巻きずし用のネタセットの一番豪華なものをかごに入れた。

その後は地元の米や、今後の生活に必要となりそうな調味料、焼きのり、オイル、水などをどんどんかごに入れる。

話しているうちに二人ともそれなりに飲めるとわかって、ビール、ワインなども多めに買うことにした。

商品のぎっしり入ったカートを創太郎が押して、セルフレジに向かう。パネル上に各種決済方法が表示され、あずみが電子マネーの項目を選択しようとしたのを、創太郎がさえぎった。

「カードで払うから、いいよ」

そんな、と遠慮しようとしたけれど、やんわり制される。土曜の夕飯前の時間帯とあって、後ろにはレジ待ちの長い列が出来ていた。

あっという間に創太郎がパネルを操作してカードでの支払いを終え、長いレシートが出てきたのを見ると、あずみは申し訳ない気持ちになってしまう。

「ごめん、後で払うからね」

「たいした金額じゃないし、気にしないで。それより早く帰ろう。俺お腹すいた」

創太郎はこともなげに言って、買ったものがぎっしり入った重たいかごをサッカー台へ運んでくれる。

（でも気にしなくて良いと言われても、気になる…）

そう思いながら、あずみはエコバッグを二つ載せたカートを押してさっさと車へ行ってしまった彼を小走りで追いかけた。

四章　むさぼるけものと夏の夜

「お刺身、すっごく美味しいね」

手巻き寿司のネタセットに入っていた刺身はどれも、あずみのような特に舌の肥えていない人間にもすぐにわかるほど鮮度が良かった。

庭で採ってきた大葉も、風味が強くてとても良い仕事をしている。

あずみのグラスに、創太郎がペールに入れて氷水で冷やしていた白ワインを注いでくれた。注がれた部分のグラスの表面が薄っすら白く曇るのが綺麗で、みとれてしまう。

「あ、ありがとう」

見ると、彼のグラスも残り少なかった。彼のお金で買ったワインを自分が注いであげても良いものか、迷う。

「あとは手酌でやるから気にしないで」

創太郎がさらりと言い、長い指でボトルを握ると、自分のグラスにワインを注いだ。

彼との食事は緊張してあまり食べられないかもしれないと思っていたけれど、美味しくてついついワインが進んでしまった。

酔いが回るとなんだかふわふわして滑らかに話せるし、話題にも困らないのがありがたい。

彼もそれなりの量を飲んでいた。目の縁がわずかに赤くなり、あずみが言ったことにいちいち笑ってくれるのが、とっても嬉しい。

網戸にした掃き出し窓からは山から降りる涼しい風が入ってきて、火照った肌に心地良かった。思わず目を細めていると、彼が言う。

「……ごめん、飲ませすぎたね」

「え、なんで？　そんなに私、酔ってるように見える？」

「ずっとにこにこしてる。可愛いからずっと見てられるよ」

そう言って立ち上がり、冷蔵庫からミネラルウォーターを取り出すと、新しいグラスに注いでくれた。

なんとなく空気が改まったので、あずみは居ずまいを正し、彼にお礼を言うことにした。

「何から何まで、本当にありがとう」

帰ってきてからそれぞれシャワーに入って、あずみが髪を乾かしてキッチンに来たときには、もうほとんど食事の準備が整っていた。

あずみのやったことといったら、菜園から大葉（たくさん）と小ねぎを採ってきて、洗って切ったくらいだ。

しかもいつの間に昆布出汁を準備していたのか、鯛のお吸い物まで作ってくれていた。

彼がとろんとした目で笑う。

「そんなにかしこまってお礼を言われるようなことはしてないよ」

せめて後片付けは自分がと思ったけれど、この家のキッチンを使い慣れている創太郎にかなうはずもなく、結局二人で一緒に片付けと洗いものをした。


そして、今。

あずみと創太郎はリビングのソファに並んで座り、くつろいでいる。

彼の体が近くにあることにはまだ慣れない。

それでもアルコールのおかげもあって、二人の心理的な距離がどんどん近づいているのをあずみは感じていた。

「篠原さん」

酔い覚ましの水をこくりと飲んでいると、少し改まった声で創太郎が言う。

「あの時のこと、ごめんね」

「……あの時って、中学時代の？」

「うん。俺、急に話さなくなって、その後いなくなって。……本当にごめん」

そう言って謝る彼は沈んだ顔をしていて、あの時のことは彼の中でも辛い記憶として残っているのだろうと察せられた。

「うちの母親がけっこう難しい人間で、それに加えてなんというか……激しい人でさ。情緒不安定な時もあって。俺の異性関係にも拒否反応がすごかったから、篠原さんとのことは伝えてなかったんだけど」

話しながら、手の中のグラスを握りしめた。

「今思えば、もっと俺が器用に立ち回れば良かったんだけどね」

彼のお母さんが厳しいのかもしれない、というのはあずみの記憶にも残っていた。

他の生徒とは違うタイミングで、何度も繰り返される進路相談。

何かを避けるように決められていた帰り道のルート。

「三年になって、篠原さんがうちに来た後、母親が勘づいて。俺も全然誤魔化《ごま》せなくて」

たしかに、彼の様子がおかしくなったのはその後からだった。

「別れないと、篠原さんの家とか親御さんの勤務先に電話するって脅されたんだ。話すのも許さないって」

「そうだったんだ……私、何も力になれなくてごめん。自分のことばっかり考えてた……」

あの頃のあずみはただ傷ついて、自分だけが被害者のように感じていた。

彼がそんな状況にあるということに、ほんの少しでも思い至れたら良かったのに。

「全然、篠原さんが謝るようなことじゃないよ。俺がうまく出来なかっただけで」

彼はそう言って目を伏せた。

「篠原さんと仲良くなったきっかけというか、初めて一緒に昼を食べた時に弁当のおかずをもらって、美味しくて。すごくそれが印象的で、今でもよく覚えてるよ。弁当って俺、作ってもらったことなくて」

その時のことはあずみもよく覚えている。ただ、おかずをあげたことはあずみにとって何でもないことで、彼の中にそんなに印象として残っているというのは意外だった。

彼の話を聞いた後、十五歳の彼を想って切ない気分になる。

あの時だけでなく、学校で昼食が一緒になる時はいつも、彼は菓子パンを食べていた。甘党だからそうしてるのかなと思い込んでいたけれど、本当は違ったのかもしれない。

「その後付き合うようになってから、ああ、この子はすごく家族に愛されているから、大事にしないといけないって思うことが何度もあった」

彼の言葉に、自分は本当に大事に想われていたのだと感じて涙が出る。

彼が離れたのは、私のことを守るためだったんだ。

「俺の母親のせいでというか、俺の事情でそれを傷つけたくなかったし、母親のことを篠原さんに知られるのも怖かった。手紙を書いて何か知らせたかったけど、いざ書こうとしても何を書いたらいいのかわからなくて……その後引っ越すことになって」

あずみは彼に手を伸ばすと、首に柔らかく抱き着いた。

あの時そうできなかった分、今この瞬間、少しでも彼のことを慰められるように。

もう気にしないでという気持ちが伝わるように。

わずか十五歳だった彼が味わったであろう、小さな絶望に寄り添えなかったことへの後悔と切なさが胸にこみあげて、そうせずにはいられなかった。

「……わたし、あのとき創太郎君のことがすごく好きだった。きっと自分の気持ちの方が大きいだろうって思ってた」

中学の時にはなかなか口に出来なかった言葉が溢れる。あずみの背中にゆっくりと彼の手が回された。

「創太郎君も、すごく大事に想ってくれてたんだね。ありがとう」

言いながら、あずみは彼の髪を梳《と》かすように頭の後ろをゆるく撫《な》でた。

洗いたての髪の良い香りと、懐かしい彼のにおいがして、頭の芯が痺れるような感覚になる。

あずみの手首を創太郎のしなやかな指が包み、きゅっと握られた。

もう片方の手は指どうしが恋人つなぎのように絡められて、ぐいっと引っ張られる。

眼前に双眸がせまる。

その瞳はわずかに潤んでいて、男性経験のないあずみにすら、彼の欲望が高まっていることが感じられた。

切れ長の瞳に魅入られたようになって、あずみは動けなかった。体が甘く竦《すく》む。

「あの時したくても出来なかったこと。これからしたい」

そう言うと、創太郎は膝の上にあずみを抱き上げた。

意味は分かっている。色んなことが頭をよぎった。

初めてだということ。

いつの間にか大人になっていた彼にまだ完全には慣れていなくて、体が触れると緊張すること。

でも、答えは決まっている。

「……はい。よろしくお願いします」

頭がじんとして、鼻の奥が痛む。また涙が出そうだった。

彼とぎこちなく視線を絡ませて、何かの新しい誓いを立てるみたいに、唇を重ねた。

顔が離れて、また見つめ合う。さざ波のように震える心を落ち着かせようとこっそり深呼吸していると、創太郎が突然言った。

「……ごめん。ちょっと外歩いてくる」

「えっ、こんな時間に？」

今このタイミングで外へ？　という気持ちもあったけれど、あずみはホッとしていた。

「これでも男だから心配しないで。すぐ戻ってくるから」

そう言うと、彼は早足で家を出ていった。歩いてくると言っていたのに、駆け出すような足音がしたのは気のせいだろうか。

残されたあずみはソワソワしながら、とりあえずシャワーを浴びて歯をみがき、冷たい水を飲んだ。

グラスを洗っていると、玄関に人の帰ってきた気配がして、創太郎がキッチンに入ってきた。

おかえりを言おうと口を開きかけたあずみは彼に手首をつかまれて、夏の夜の空気をまとった胸に抱きしめられた。そのまま、唇が重なる。

「んぅ、」

付き合ったばかりの恋人どうしがするには深すぎるキスに、頭がどうにかなりそうだった。

下腹が甘くとろける感覚がして、体を支えられなくなる。

「……ふ、」

腰が砕けたのをぐい、と強い力で支えられて、さらに深く唇を重ねられた。

「んんっ……」

音が立つほど繰り返されて、そろそろ呼吸が苦しくなってきたころに、ようやく体が離れる。

見上げると、彼はどこか呆然とした顔であずみを見下ろしていた。

その扇情的なまなざしから、あずみは目が離せなかった。

「……ごめん、ちょっと我慢できなくて。あのままだと俺、止められなさそうだから頭冷やしてこようと思ったのに」

内容のわりに淡々とした口調で言われて、ただでさえ何度もキスされてどうにかなりそうだったあずみは、もう両手で顔を隠すことしか出来なかった。

顔が熱い。自分がどんな顔をしているのか、まったく想像がつかない。

(や、やっぱり無理かもしれない。恥ずかしくて爆発しそう……)

そう考えていると、両手首をつかまれてぐい、と顔をさらけ出される。

「……エロい顔」

見られたくなくて、あずみは必死に顔を背けた。

「み、見ないで……!」

「だめ。こっち見て。見せて」

両手首をつかまれたまま、おそるおそる創太郎を見ると、端正な顔があずみを優しく見下ろしていた。

そのまま顔が近づいて、今度は柔らかく唇が重なる。啄《ついば》むようなキスを何度か繰り返して、彼が名残惜しそうにあずみの上唇を甘噛《が》みした後、唇が離れた。

こつんとおでこを合わせて、目を閉じた創太郎がため息をつく。

「……中学の時の俺に教えてあげたい」

「……何を?」

「十年後には篠原さんとこんな風にセックス前提で思う存分キスが出来て、エロい顔も見られるよって」

「〜〜……！　なにそれ。創太郎君、変わりすぎじゃない？」

昔は口数の多くないはかなげな美少年という感じだったのに。アルコールのせいもあるのだろうか。

「そうかな。あの時の俺って篠原さんとセックスする妄想で毎日抜いてた記憶があるけど。最低でも一日二回くらい」

「……‼」

こんなことをにやけながらではなく、淡々とした表情でさも当然のように言うからびっくりしてしまう。

言っている顔は無駄にかっこ良いけれど。

内容ははっきり言って――ひどい。

恥ずかしさで顔を上げられずにいると、おとがいをつかまれて顔を上に向けさせられた。

間近で目が合って、唇が重なる。

「ん、……っ」

そのままぶつかるようなキスが続いた後、あずみは抱き上げられてしまった。

「あ、っ！」

創太郎はあずみを抱き上げたまま廊下に出て、角を曲がり、自室のドアを開けた。

奥のシンプルなベッドへと進み、後頭部に彼の手がふわっと添えられたかと思うと、あっという間にベッドに横たわっていた。

彼が覆いかぶさってくる。あずみの目元にキスを落としてから、彼はTシャツを脱ぎ捨てた。

恥ずかしくてたまらないのに、目が離せない。

細いと思っていた彼の体はこうして見ると、しなやかながらも思いのほか筋肉質で、無駄がなく美しかった。

昔から変わらない彼のにおいが濃く感じられて、体の芯がきゅうっとなる。

獣のどう猛さを感じる目つきで見つめられると、うっすらと恐怖を覚える。

けれど窓からの月の光にほの青く照らされた彼は、ぞくりとするほど綺麗だった。

――どうしよう。本当に、自分は彼とこのままセックスしてしまうのだろうか。

極度の緊張で、視界がせまくなっている。

彼と中学時代に別れた後、学生時代にお付き合いをする人はいた。

けれどキスをするのも嫌で、もちろんそれ以上のことは出来なくて。

相手はそれを察すると、すぐに離れていったから。

(心臓の音、聞かれたら恥ずかしい……)

初めてそういう行為をするという恥じらいと緊張と、彼のことがこの上なく好きだという気持ちが混ざり合って、混乱してしまう。

おそるおそる、創太郎と目を合わせると、あずみの頭の横に肘をついた彼の顔が近づいた。反射的に目を閉じる。下唇をペロリと舐めてからちゅうっ、と吸われた。

下半身の奥の部分が、ふるりと疼く。

「んぅ……」

自分のものとは思えない、甘ったるい声が出てしまう。

そのままぬるりと侵入してきた舌に歯列をなぞられると、意識が飛んでしまいそうになる。

誰が言っていたのだったか、口の中は性感帯らしいというのをぼんやりと思い出した。

「……あ、は……、んっ」

キスの音と二人の吐息が混ざり合って、月明かりに照らされた部屋の中を満たす。

創太郎の体があずみの膝を割って近づくと、ルームウェアのワンピースの裾が大きくはだけられた。

しなやかな指が太ももから腰のラインを撫でていく甘い感触に耐えていると、ワンピースが頭から引き抜かれた。

「……っ」

柔らかく抱きしめられて、唇が重なる。彼の指が背中をたどり、ブラジャーの留め具を外したのがわかった。

「……見てもいい？」

低く掠れた声で言われて、こくりと頷く。

ゆっくりと二人の体が離れて素肌が彼の目の前にさらされると、あずみは恥ずかしさと心細さで逃げ出したくなる。

思わず両手を交差させて胸を隠そうとした。

「だめ。隠さないで」

「恥ずかしいよ……」

彼に手首をつかまれて、ゆっくり開かれる。恥ずかしさに耐えていると、唇が重なった。キスをしている間はあずみが少しだけ安心できることを、彼は既に把握しているようだった。

逃げ腰のあずみを追い回すように絡んでくる舌に必死に応じていると、下着ごしにこつ、と硬いものが当たる感触がある。

彼の下半身だ。

「……んぅっ」

あずみは恥ずかしさと、未知の感触に対する怖さを感じて身を竦めた。

最初は軽く当てられる程度だったそれが、次第にぐりぐりと押し付けられるようになると、今までに感じたことのないとろけるような甘い痺れがまるで呼応するかのように生まれて、あずみは体をびくりと震わせた。

「ふ、んぅ……っ」

熱い。とても熱い。逃げるように体を浮かしかけたあずみを抑え込むかのように、創太郎が体重をかけ、更に腰を強く押し付けてくる。

自分のその部分が熱く潤み、彼を望んでいるのが自分でもわかって、怖い。

怖いけれど、抗おうとする気持ちは、どこにもなくなっていた。

今はただ本能のまま、彼とぐちゃぐちゃに混ざり合いたいとすら思っている。

「……触っても、いい？」

「……」

頷くと、頬に軽くキスをされた。

下着の横から、するりと肌を撫でるように彼の手が入ってくる。

「……ッ、」

そこを触られるのは、やっぱり怖いし、恥ずかしかった。

きゅっと体に力が入りそうになる。

察したのか、左の耳たぶに柔らかく唇が触れた。

「……大丈夫。力抜いて」

吐息まじりの低い声に、下腹部の奥が震えた。

それだけで声が出そうになってしまい、必死にこらえる。

あずみの右手に彼の指が絡められ、きゅっと握られる。

もう片方の指がその部分に触れた。

「……ふ、ぅっ……、」

こらえきれずに漏れた声にならない声を、唇を塞がれて飲み込まれた。

彼の指がいちばん敏感な部分をおさえて、ゆるく左右に揺らす。

「……ぁ、」

途端に、くすぐったさと、今までに感じたことのない電流のような刺激が走った。

あずみの腰がぴくりと反応したのを彼は見逃さず、さっきよりも少しだけ力を入れて指を動かした。

「あっ……、」

彼の唇が離れると、もう声をおさえることは出来なかった。

敏感なところに触れていた指が、下へ向かう。

しなやかな指が中へ侵入したのがわかった。潤んだそこを探るように動かされると、上半身はがちがちに緊張しているのに、その部分だけが一瞬とろけるような快感にさらされる。

「……っ！」

未知の間隔に対する本能的な恐怖で、あずみは思わず彼の手をおさえた。

そうすれば止まってくれるかと思ったのに、彼の指は止まらず、むしろさらに奥へ進もうとする。

「や、ぁっ……！」

すがるような思いで彼の目を見つめる。その瞳は月の光が反射してきらりと光っていて、ひどく美しかった。

そこにあるのは、あずみの知らない彼の姿だった。華奢な少年ではなく、大人になった彼なのだ。

目が離せず、頭の芯がぞくりとするような感覚に襲われる。

彼が薄い唇を開いた。

「……ごめん、もう限界」

掠れた低い声で、懇願するように言われる。

あずみは頷いた。

恥ずかしいけれど、言葉で伝えたくて口を開く。

「私も、創太郎君と……したい」

あの時、自分たちが幼くて、出来なかったことを。

あずみの言葉に、創太郎が一瞬虚を突かれた表情になった。

視線が絡んで、端正な顔が近づく。

あずみが目を閉じると、そっと唇が重ねられた。

彼と、結ばれたい。

心の底からそう思った。


「足、開いて」

あずみがおずおずと開いたそこに、月の光を浴びた彼の上半身が静かに割り込んで、温かい肌が触れた。

不安と、どうしようもない緊張を感じてそっと目を上げると、切れ長の瞳と視線が絡む。

避妊具をつけた先端が、ぐりゅ、と入り口に押し当てられたのを感じて、あずみはふ、と息をついた。

腰がわずかに進められて、それが中に入ろうとしたとき、張り裂けそうな痛みがあずみを襲った。

ぎゅっと目を閉じて堪えようとしたのに、喉の奥から細い声が漏れてしまう。

「い、たい……です……」

「……うん、ごめん。――でも、」

その言葉に思わず目を開く。眼前に彼の端正な顔があった。

欲情した美しいけものの目が、あずみを捉《とら》える。

「やめてあげられない」

そう言われて、羞恥とも困惑とも、被征服欲ともつかない感情があずみを支配する。

右手に彼の指が絡められて、頭の横に押さえつけるように置かれていた。

非情な言葉どおり、奥へと着実に腰が進められる。

「いっ……、は、ぁ……」

あずみは顎をのけぞらせて、痛みに耐えた。

「……っ、ちから、抜いて」

そう言われても、もうどうしたら良いのかわからずにいると、痺《しび》れを切らした彼が唇を重ねてくる。

「……んぅっ」

痛みと同時に、そこを押し拡げる彼の存在を確かに感じて、下腹の奥から湧き上がるような熱が産まれる。

その熱の思いがけない心地よさに驚いていると、いつの間にか上体を起こしていた創太郎が深く息をついた。

「……ぜんぶ、挿入《はい》った…」

そういって気が抜けたように、あずみの上に倒れる。

おでこどうしが、こつんとぶつかった。

硬さのある彼の体が密着すると、痛みはあるものの、いとおしさがこみあげる。

なんとなくそうしたくなって、あずみは空いていた手で彼の背をなぞった。

背中の滑らかな肌の上に、霧をふいたように汗をかいているのが感じられた。

こちらも痛くて大変だったけれど、彼は彼で大変だったようだ。

そのまま背すじを撫でさするように手を動かすと、ぴくりと彼が反応する。

「……だいじょうぶ？」

顔を覗き込まれて、あずみは頷き、口を開いた。

「……だいじょうぶ」

目元に、彼のしなやかな指が触れる。

「涙が出てる……」

目尻に彼のやわらかい唇が触れた後、耳に低い声がかかった。

「……動くよ」

掠れた声には余裕のなさが滲んでいる。

それからは、ほとんど無我夢中だった。

いとおしさ、ひりつく痛み、彼でいっぱいになった部分。そこからうねるように拡がる確かな熱と。

「ん、あ、ぁ、」

二人の肌がぶつかる音。ベッドのきしみ。手の甲に触れる、シーツの冷たさ。

あずみと創太郎の、どちらのものともつかない苦し気な吐息が混ざりあった。

深く唇を合わせて、あずみも必死で彼に応える。

「は、ぁっ、」

唇どうしが離れた後は、色んなところに口づけが落とされた。耳と顎のあいだの部分、顎の裏、首すじ、鎖骨の真ん中。

彼の唇が触れた一つ一つの部分から、熱が産まれていくようだった。

とにかく、熱い。

自分の額に、汗で髪の毛がまとわりついているのがわかる。

しだいに律動が速くなり、あずみは彼の首に手を回してしがみついた。

容赦がないともいえる。でも、その激しささすらもいとおしかった。

自分は今、食べられていると思う。

彼というしなやかで美しいけものに、内側の奥の奥までむさぼられて、食べつくされようとしている。

痛みはあるけれど、苦しいけれど、それが嬉しい。いとおしくてたまらない。

だって、ずっと待っていたのだから。

開かれた足の間の柔らかい部分に、激しく彼の腰が打ち付けられていく。

「……っ、ごめん、いくね」

彼の言葉に、自分がなんと答えたのかはわからなかった。

体が上にずれるほどにぐぅっと強く奥に腰が押し付けられて、息をもらす。

確実に最奥に届くようにという意図なのか、いま一度彼がその部分を奥に突き刺すように動かし、深く息をついた。

あずみはすべてを受け入れた気持ちになって、彼の背を撫でた。

細く開いた窓から涼しい夜風が入ってきて、汗をかいた二人のむき出しの肌をするりと撫でていった。

「ん……」

明け方のあわく黄色い光を感じて、あずみは目を覚ました。

「……！」

裸で彼と抱き合って眠っていたことに、今更ながらびっくりする。

梅雨の合間の晴れなのか、外はかなり明るくなっていた。

このままでは、明るい光の中で裸を見られてしまう。

（ワンピース、どこ……）

体をがっちりと彼に拘束されたように抱きすくめられていて、体を起こせない。

あずみは創太郎の枕元に、昨日着ていたルームウェアが綺麗にたたまれて置かれているのを発見した。

手を伸ばそうと思ったけれど、あずみを抱きしめる創太郎の腕はびくともしない。

（ぐっすり眠ってるみたいだし、ちょっと力を入れても大丈夫だよね……？）

よいしょ、と心の中で気合を入れて、体重をかけないようにしつつ、創太郎の上に覆いかぶさる形で体を起こした。

ひやひやしながら、体の下にいる創太郎の様子をうかがう。長いまつ毛で縁取られたまぶたはぴたりと閉じられていた。

男の人にしては白く滑らかな肌。きりりと完璧に整った眉毛はおそらく剃ったり抜いたりはしていない、天然のもの。

（わ、寝顔きれい……）

そう思って一瞬見とれたのが間違いだった。

「きゃ……っ？」

天地が逆転して、創太郎に組み敷かれたのだと気づく。

「何コソコソしてるの？」

創太郎は天井を背にして、少しだけ不機嫌そうにあずみを見下ろしている。

寝起きでも顔がすごく整っているのに、頭の片側だけ寝癖が激しくついていた。

この人と、私は昨日。

そんなことをぼんやりと思った後、急にあずみは我に返った。自分は今、何も身につけていないのだった。

「み、見ないで」

「……何をいまさら」

創太郎は朝が弱いタイプなのか、テンションが低かった。

「明るくて恥ずかしいの！　とりあえず服着たい」

「昨日だって明るかったよ？　カーテン開けてて、雲が少なかったから月明かりもあって」

「ウソ⁉」

気がつかなかった。羞恥心がみるみるこみ上げてきて、顔が熱くなった。

「もうっ、恥ずかしいよ……！　そっちのワンピース、取ってもらえる？」

あずみがお願いすると、創太郎は素直にワンピースを取ってくれた。

「あ、ありがとう」

「気にすることないのに」

創太郎はなぜあずみがそんなに恥ずかしがるのか、理解できないという顔だった。

「気にするよ！　恥ずかしいものは恥ずかしいんだってば……！」

なかなかわかってもらえないのがもどかしい。ちょっと強めの口調になってしまう。

あずみがこんなに一生懸命訴えているのに、彼はさらに燃料を投下してきた。

「いやほんと、服着てる時から思ってたけど、細いのに意外と出るとこ出ててエロい体つきだったし」

「もー！　やめて！」

「いや、エロいというより、卑猥《ひわい》って表現の方が正しいか……？」

「ちょっと!?　何言ってるの!?」

「声も頑張って我慢してたみたいだけど、次から我慢しなくて良いよ。周りは畑と山ばっかりで隣の家まで遠いし、窓開いてても誰にも聞こえないよ」

「……！」

ようやく確信した。

これはもうあずみが恥ずかしがっているのを面白がって、わざと言っている。

（無表情で淡々と言ってるけど、だまされない……！）

その証拠に、あずみがきっ！　と彼をにらむと、満足そうに微笑んでいる。

鉄拳制裁！　とばかりにあずみは枕を創太郎の顔にぼふ、と押し付けた。

枕の下から「ごめん、調子に乗りました」とくぐもった声が聞こえたけれど、あずみはふん、と捨て置いてワンピースを着ることにする。

それなのに、創太郎はあずみの手からそれをぱっと奪うと、早業で綺麗にたたみ直して、あずみの手の届かないところに置いてしまった。

「え、返し……んぅ」

抗議の言葉は強引で性急なキスに阻まれた。

お互いの歯がぶつかるほど、荒々しい口づけ。

下唇を甘噛みされた後に上唇をちゅ、と吸われて、体の奥がふるりと震えるような感覚になる。

そうして散々貪られた後、湿った音を立てて唇が離れた。

「……」

頭がぼうっとして、何も考えられない。

お互い無言の間が少し続いて、創太郎がぽつりと言った。

「ごめん、かわいくてちょっと限界だった」

目には困惑の色が滲んでいるように見える。

その表情が昔の彼そのもので、あずみは何も言えなかった。

昨日創太郎は昔の自分にあずみとのことを教えたいと言っていたけれど、それはあずみも同じだ。

彼が遠くへ行ってしまったと聞いて、ただ泣くことしか出来なかったあの頃の自分に、彼と再会出来たことを教えてあげたいと思う。

あの日の約束通りに、一つになれたことも。

当時のことを思い出すと、鼻の奥がじわりと痛む。

思い出話がしたくなって、創太郎の方を見やると、「0.01」と大きく印字されたおしゃれなデザインの小さく四角い箱を手に持って、キリっとした顔で中をごそごそしている。

昨日「ちょっと出てくる」と出かけた時に買ったものだと察しつつ、あずみは脱力した。

思春期のころを思い出して感傷と余韻に浸っていたのが吹っ飛ぶようだった。

というか、見ているこっちも思わず息が詰まるような真剣な表情なのに、やっていることは避妊具の残り枚数の確認だなんて。

あずみがぐるぐる思考を巡らせていると、創太郎が振り返ってぷちゅ、とキスをしてきた。

考え事をしていても、彼のキス一つでそれはどこかにいってしまう。

額の奥が甘く痺れてまたぼうっとしている間に、いつの間にか体が開かれて、膝を割られている。

足の付け根のやわらかく敏感なところに、彼の先端が触れた。

その先端が触れた後の太ももに、早朝の冷えた空気がしみて、濡れているのだと気づく。

これは自分のものではない。彼も余裕がないのだろうと思った。

あずみの耳たぶに唇が触れる。切なげな吐息を感じた。

「……良い？」

了承を得る声は低く掠れていて、体の奥が揺らぐ。

「……聞かないで」

やっとのことで答えると、すぐに下から押し開かれる。

それからは、二人、無我夢中で絡み合った。


目の前に置かれたグラスに、水出しの冷たい緑茶がたっぷりと注がれる。

「こんなに作ってくれてありがとう」

あずみがお礼を言うと、緑茶の入ったピッチャーを手にした創太郎は、口の端をつり上げてかすかに笑った。

「残り物と、すぐ作れるようなものしかないけどね」

「そんなことないよ！　こんなきちんとした朝ごはん、久しぶり」

炊き立てのごはんに、昨日のお刺身をわさび醤油でヅケにしたもの。薄黄色がまぶしい玉子焼き。おひたし。それにミョウガと豆腐の入った湯気の立つ味噌汁が、木製のトレーの上に綺麗に並べられている。

「美味しそう……」

胸を張ってＳＮＳに投稿出来そうなくらい立派な食卓は、あずみがシャワーに入っている間にすべて創太郎が準備してくれた。

いただきますを一緒に言って、箸を取る。

「昨日も思ったけど、お米が美味しいね。ガスの炊飯器で炊いたごはんがこんなに美味しいなんて知らなかった」

「電気の炊飯器もどんどん性能が上がってるから、十分美味しいけどね」

そんなやりとりがあってから、しばらく沈黙が続いた。

考えてみれば。

十年前にいっとき親密といえる関係だったとはいえ、大人になった彼が知らない人に見えたのも事実だった。そんな人と会ってその日のうちに同居が決まって、付き合うことになり、体の関係まで持ってしまった。

我ながらすごい展開だ。

知らない人なわけがない。頭ではわかっているのだけれど。

軽はずみに関係を持ってしまって良かったのかな、と今更ながらに不安になるのは、自分が初めてだったからなのか。

しかも、彼とあずみは同じ会社で働く同僚になるのだ。

（私に職場恋愛なんて出来るのかな……）

彼のおかげで気持ちよく朝を迎えられたのに、気持ちが少しずつ落ち込んでくる。

「大丈夫？　ちょっと疲れてる？」

声をかけられてはっとした。

「ううん、朝ごはんが美味しくて感動してただけ」

「そっか、良かった。作ったの久しぶりだったから」

表情には出ていないけれど、あずみが考え込んでいたのを察して、気を遣ってくれたように感じた。

「今日は一日、荷物の整理？」

さっき彼の部屋で過ごしていた時の荒々しさが、夢のように感じるくらいに落ち着いた声色で、創太郎が聞いてきた。

「……うん。明日から出社だし、ある程度やっておかないと、と思って」

「力仕事があるなら無理しないで言って、手伝うから。といってもちょっとこれから出かけなきゃいけないんだけど」

「あ、そうなんだ」

この広い家に一人なのはまだ心細い。

「午前中には帰って来るよ。必要なものがあったら連絡して」

「じゃあ、お昼ごはん作って待ってるね」

まだ時計の針は八時前を示していたけれど、食事を終えて身支度を整えた創太郎は、玄関でスニーカーを履いていた。

見送りに来たあずみをきゅっと抱きしめ、キスをする。

一度キスをしたらすぐに出かけるかと思ったら、何度も唇が重ねられた。

「……ん」

頬が熱くなるのを感じる。恥じらいと困惑、いとおしさの混ざった感情が胸に満ちた時、彼の手があずみの腰の横からお尻にかけての線をたどった。

「んぅ……」

キスを繰り返した体は早くも敏感になっていて、くぐもった頼りない声が漏れてしまう。

創太郎はあずみの腰に手を回してさらに口づけを深めた。二人きりの空間がキスの音とお互いの息づかいで満たされて、あずみはぼうっとしてしまう。

ようやく創太郎が離れた。

「……なんて顔してるの」

低い声で言われて、「そうさせたのはあなたでしょ！」という気持ちになる。

口に出す代わりに軽くにらむと、創太郎の目に熱がこもったのがわかった。

「そんな顔されたら本当に、我慢できない」

服の裾から彼の手が入ってこようとするのを、あずみは阻止した。

「……だめ。用事があるんでしょう。遅れないようにしないと」

創太郎が目をつむり、天を仰いだ。そうして何度か深呼吸を繰り返した後、また正面を向く。

「……はい。行ってきます」

どうやら何かを堪えることに成功したらしかった。

あらためて身支度を整えた創太郎は、今度はキスを一回にとどめ（かなり不服そうだった）、慌ただしく出かけて行った。

なんでも九時から始まる町内会の会合があって、最年少の創太郎はいろいろと雑務があるので早めに行く必要があるのだとか。

後片付けを買って出たあずみは食器を洗った後、自室に放ってあった荷物の整理に取りかかった。

まずは会社に着ていくためのブラウスやスカート、パンツ類を整理してハンガーラックに吊るす。古い鉄製のハンガーラックは、ホームセンターや手ごろなインテリアショップには置いていないようなシンプルかつ重厚なデザインで、すごくお洒落だった。

前に来た時は見かけなかったので、創太郎が用意してくれたのかもしれない。

これだけは持っていこうと考えて箱に詰めた、お気に入りの本や漫画を書斎の棚の空いているスペースに置かせてもらう。

あれから彼に本のことを確認したところ、おじいさんが亡くなった時に、貴重な本はあらかた寄贈したり形見分けで譲ったりしているので、今棚にあるものは自由に読んでかまわないということだった。

大学を卒業してからは忙しい会社に就職して本を読む量が減ってしまったので、これからは時間を見つけていろいろと読んでいきたい。

箱から出した物の場所を決めたり、部屋全体のレイアウトを考えたりしているとあっという間に時間が経って、もう正午近くになっている。

昼食は昨日買ってきた、ふのりが練りこまれた蕎麦にしようとネギやミョウガを刻んでいると、創太郎が帰ってきた。

何かやたら大きな段ボール箱を抱えている。

「おかえりなさい」

「ただいま。これ、うちにって。農家さんがくれた」

そう言って見せてくれたのは、ものすごい量の野菜だった。

みずみずしいスナップエンドウや小松菜、ピーマン、大きなブロッコリー、黒と緑のコントラストが鮮やかなサニーレタス、じゃがいも、にんじんや大根などなど、どれも立派なものばかりだった。

少なく見積もっても四人家族が数日かけて食べるくらいの量がある。

昨日、野菜はそんなに買わなくても良いと彼が言っていた理由はこれだったらしい。

「けっこうな頻度でこういうもらいものがあるんだよ」

「す、すごいね。がんばって美味しいうちに食べきらなきゃ」

下ごしらえして冷凍しておけば、しばらくは食事の支度が楽になりそうだ。

実家を出てから新鮮な野菜のおすそわけというものを経験していなかったので、感動してしまった。

そんなあずみを見て、創太郎が微笑む。

「お昼、用意してくれてたんだ？　ありがとう」

「うん、お蕎麦にしようと思って」

「いいね。じゃあ……俺が気合を入れて天ぷらを揚げます」

「え！　いいの？　大変じゃない？」

天ぷらは技術がないとだめな気がして、あずみはこれまで作ったことがない。

「えーと。天ぷら　コツ　レシピ　で検索」

どうやら、スマートフォンで天ぷらを揚げるための下調べをするらしい。

創太郎はスマートフォンの画面を真剣なまなざしで少しの間「じっ……」と見つめてから、野菜を洗い、揚げ油を用意して、熱している間に材料の下ごしらえをした。

衣を作って先ほどのナスやししとう、あずみが採ってきた大葉を天ぷら鍋に入れてどんどん揚げていく。

油のはじける小気味良い音と、食欲をそそる香りがキッチンに立ち込めた。

最新式の換気扇とこの家の風通しの良さのおかげで、揚げ物をしていても部屋の中が暑くならないのが素晴らしい。

創太郎が天ぷらを作ると言い出した時は驚いたけれど、まだこの家にも彼にも完全には慣れていないあずみを彼なりに気遣ってくれたのだろうと思うと、その優しさに胸がきゅうっとして、面映《おもは》ゆい気持ちになる。

あずみは蕎麦つゆを用意した後、大根でおろし天つゆを別に作ってから彼の隣で蕎麦を茹《ゆ》で、箸や蕎麦猪口を準備して食卓を整えた。

創太郎が人生で初めて揚げたという天ぷらはさっくりしていてとても美味しく、一口食べた瞬間に思わず二人で目を合わせてしまうほどだった。

彼と一緒に食事を作るのも、食べるのも、とても楽しい。この先何度もこんな機会があるのだと思うと、幸せで泣きそうな気持ちになった。

五章　社内恋愛がご法度《はっと》というのは、いまどき人権問題だと思うのですが

彼から「ごめん、話がある」と言われたのは、あずみが彼にお願いして自室の押し入れの襖を外してもらった後、繰り返されたキスから危うい雰囲気へとなりかけたのを、どうしても心の準備が出来なくて、なんとかかわした時だった。

創太郎はあずみをぎゅっと抱きしめて髪の毛に顔をうずめている。

ずいぶん改まった言い方をされたので、彼の腕の中にすっぽり納まりながらも「なんの話だろう」と身がまえてしまう。

彼が話すと首すじの肌に声の振動が直接伝わるのもあいまって、あずみは落ち着かない気持ちになった。

「話って、なに?」

「うちの会社のことなんだけど」

「うん」

あずみが頷くと、創太郎がため息をついた。自分の中でどうしても腑《ふ》に落ちないことを、仕方なく相手に説かなければならない時のような、気乗りのしなさを彼から感じる。

「……今どき珍しい慣習があって」

「慣習？」

「社内恋愛はご法度、バレたら転勤ていう……」

「えぇっ？　なにそれ？」

あずみは思わず創太郎の体から離れ、彼の目を見た。

端的な言葉だったけれど、意味はすぐに察せられた。

つまりはあずみと創太郎のような、社員どうしでお付き合いしているカップルはその関係が露見した場合、どちらか一方もしくは両方がそれぞれ別の勤務地に転勤になるということだろう。

人権意識の高まっているこのご時世に、慣習とはいえそんなことがあり得るのだろうか。

開いた口がふさがらないとはこのことだった。

創太郎はあずみの強い困惑ぶりを想定していたようで、さもありなんといった様子でうなずいている。

「ウソみたいな話だけど、意に反する転勤をさせられた人は実際にいるらしい。場合によっては降格もあるとか」

転勤もそうだが、降格とはまた理不尽な話だ。いくら会社の方針に反した行動をしていたとはいえ、描いていたキャリアデザインを変更させられるのは当人たちにとって納得のいかない出来事だったはずだ。

「それ、労働基準監督署にかけこまれたりSNSで発信されたら会社としてまずいことになるよね？　今まで転勤させられた人はそういう告発みたいなことはしなかったのかな」

「ないみたいだね。うちは大きな会社で外部組織とはいえ法務部もあるし、正面切って戦おうと思う人は少ないのかもしれない。あとは転勤といっても大阪とか東京とかの大きめの都市にある支社らしいから、遠距離恋愛になる以外は不満がないとも考えられる」

創太郎は言葉を切り、あずみの顔にかかっていた髪を耳の後ろに撫でつけた。

「……俺は、会社都合の遠距離恋愛は嫌だな。誰かの意思で離されたり生活を壊されたりしたくない」

あずみは思わず彼の顔を見た。わずかに、瞳が揺れている。

過去に母親から受けた心の傷はまだきっと彼の中に残っていて、こういう理不尽な話題について話すたび、古傷のように痛むのだろうと思った。

あずみは少し迷ってから、恥ずかしさをこらえて創太郎の鎖骨のあたりに顔をぴったりくっつけ、目を閉じた。

こうすることでほんのわずかでも、彼の傷が癒えたら良いと思う。

「人事部に新田《にった》さんていう統括部長がいるんだけど、その人が主導してるらしい。だから、お互いに気をつけるに越したことはないと思って。入社したての篠原さんの立場もあるし、ご法度のことがなくても触れ回るつもりはなかったけど」

ふと、疑問に思ったことがあった。

「結婚する場合はどうなるの？」

「その場合、どちらかが仕事を辞めることになると思う。夫婦で働いてるっていう人は見たことがない」

「そっか、そうなんだ……」

彼とは結婚を前提にしたお付き合いなので、いずれはもちろん結婚したいという気持ちがある。

けれど、あずみがこの会社に転職したのはやりたい仕事があったからだ。それを辞めなければいけないということを今はまだ、考えたくはなかった。

明日は初出社だというのに、暗雲立ち込めるような話だったけれど、不思議と不安な気持ちは大きくなかった。

その理由が彼に抱きしめられていて、温かい肌を間近に感じているせいなのかどうかはわからなかったけれど、とにかく。

仕事を頑張ること。始まったばかりの彼との暮らしを守ること。

それだけを考えて、生活していくしかないと思った。


今日は初出勤だというのに、朝からどんよりと厚い雲が空にかかっていた。

天気予報では今年の梅雨明けは例年よりも遅くなりそうだと言っていて、癖《くせ》毛のあずみは憂鬱《ゆううつ》になった。

西向きの奥座敷は電気をつけないと支度が出来ないほど薄暗い。

それでも昨日のうちに予報を確認していたので、かなり早く起きて支度をした。

髪の毛は癖毛が目立たないように、ヘアアイロンでランダムに巻いてワックスを馴染ませたあと、シニヨンにまとめる。

メイクはCCクリームで肌を整えてアイシャドウをまぶたに載せ、アイラインはとにかく細く。

眉毛はパウダーを使って手早くかつ丁寧に。マスカラをするかどうか迷って、やめておいた。今日の最高気温は三十度くらいになるらしいので、今あずみが使っているマスカラだと暑さと湿度で溶けてしまい、汚く見える可能性があった。

コーラル色のリップを塗り、ゴールドの小ぶりなイヤリングを耳に着けて。

とりあえずは完成。

「……よし。変じゃないよね」

鏡台で念入りに確認する。別に初出社だからといって気合を入れるつもりはないけれど、小綺麗にはしておきたいと思う。

服装はプチプラながらも高見えのする、レーヨン素材のクロップド丈のタックパンツに、フレンチスリーブが華やかな白のブラウスを合わせる。

人事のメールにはオフィスカジュアルで、とだけ書いてあったけれど程度がわからなかったので、なるべくシンプルさと清潔感のある服装を心がけた。

朝食を済ませようとダイニングへ行くと、コーヒーの良い香りがした。

ルームウェア姿の創太郎がダイニングテーブルに座ってのんびりアイスコーヒーを飲みながら、タブレットを見ている。

後ろを通る時に視界に映った画面のレイアウトから察するに、ニュースサイトを見ているようだった。

「おはよう」

「……おはよう」

あずみが声をかけると、やや間があってからあいさつが返ってきた。

なんだか、元気がない。

見ると少し顔色が悪い。綺麗な涙袋の下には、わずかだがクマもある。

昨日寝る前にキスをしたらまた甘い雰囲気になりかけて、初出勤の前夜にとてもそんな気分になれないとあずみが拒んだ（夕方にもしたし、そんなに一日に何回もして大丈夫なのかという不安というか、罪悪感みたいなものもあった）ので、その後すぐに寝ていたとしたらそれなりに長い時間睡眠をとれたと思うのだけれど。

「寝不足？　大丈夫？」

「いや、大丈夫。ちょっと夜ふかししただけだから。それより、篠原さんも飲む？　アイスコーヒー」

「うん、いただこうかな。朝食用意するね」

創太郎がコーヒーを用意してくれている間に、あずみは昨晩洗ってからサラダスピナーで念入りに水切りした生野菜と、同じく軽く茹でておいたスナップエンドウを冷蔵庫から出し、夏らしいガラスの器に盛り付ける。

後はたまご系のおかずとパンを食べれば朝食としてはまずまず良いかなと思っていたのだけれど。

「う。食欲がない……」

この後新しい職場に出勤して、着任の挨拶などもしなければならないのかと思うと、あがり症の気《け》があるあずみは胃が口から出てきそうだった。

創太郎の顔色の悪さを心配したのは良いけれど、あずみも昨日はなかなか寝付けなかったのだ。

「大丈夫？　緊張してるの？」

「うん……挨拶とか、つっかえたりして上手く言えなかったらどうしよう……」

それを彼に見られるかもしれないのも恥ずかしい。

「うちの会社の人、そんなこと気にする人たちじゃないから大丈夫だよ、たぶんだけど」

「みんな良い人ってこと？」

「うーん……まあそれもあるし、忙しくてそれどころじゃない人もいるし。というか、オフィスは田舎にあるけどそれなりに人数の多い会社だからね。部署のチーム内でしか挨拶しないと思うよ」

あずみと創太郎の勤務するヤマノ化成はいわゆる化学メーカーで、プラスチックなどの化学素材を開発、生産している。

最近だとＡＩを活用して、自社研究所の過去の実験結果や論文をデータ化した膨大な情報の中から新材料を開発する手がかりを効率的に探索する、マテリアルズ・インフォマティクスと呼ばれる新しい試みを国内で最初に取り入れたことで話題になっていた。

あずみはその商品部の中の、マーケティングチームの一つに配属が決まっている。

チーム内というと、数人の前だけで挨拶すれば良いということか。

そう考えると少しだけ緊張がほぐれた気がする。

「和玖君はどこの部署なの？」

「同じ商品部だよ」

「商品部って言ってもたくさんグループとか、チームがあるでしょ」

聞いたのはこれが初めてではない。そのたび、彼はこんな風にはぐらかすのだった。

「まぁ行ったらわかるよ」

「もう。また教えてくれない」

三月生まれのあずみより一足先に二十五歳になった彼はちょっと意地悪というか、こちらが聞きたい肝心な部分を教えてくれないことがある。

「怒らないで。俺の隠し財産あげるから」

そういって差し出されたのは、フリーズドライの味噌汁だった。パッケージには『揚げなすと豆腐の合わせ味噌』と書いてある。

「あ、ありがとう。いいの？」

これなら食欲がなくても食べられるかもしれない。彼の優しさに心が温かくなった。

「遠慮しないで。さて、俺もそろそろシャワー浴びて着替えないと」

そう言って彼は席を立った。

「ゴメン、俺の分の朝食、今日は食べる時間なさそうだから冷蔵庫に入れておいてもらえるかな。夜に必ずいただくから」

「あ、うん、わかった。食べたら私先に行くね」

ダイニングを出ていこうとした創太郎が、踵を返してあずみのところに来る。どうしたんだろうと思っているうちに彼の体が近づいて、唇が重なった。

「ん……」

軽く触れるだけのキスを数回して、それだけで真っ赤になったあずみを見た彼はゆるく笑うと、何事もなかったかのようにダイニングを出ていった。

「もう……恥ずかしいよ……」

冷静になるまでに数分もかかってしまった。

それにしても、朝食は可能な限り食べておきたい派のあずみとしては、アイスコーヒーだけで朝を済ませた彼が心配になる。

でもそれも個人の習慣だし、自分の考えを押し付けるのはやめておこうと考えた。

かくいうあずみ自身も、食べ過ぎるとその後のパフォーマンスが下がってしまうタイプだ。

創太郎がくれたフリーズドライの味噌汁はすごく美味しくて、胃が温まったせいか少し食欲が出てきた。

パンとサラダを牛乳たっぷりのアイスコーヒーと一緒に食べた後、残っていたサラダをハムと一緒にからしマヨネーズを塗ったパンにはさみ、サンドイッチにした。

ラップでくるんで、保冷剤と一緒にランチバッグに入れる。

食器を洗い、歯を磨いて再度身だしなみを確認すると、あずみは足早に家を出た。

玄関を出て数分のバス停に着き、ほぼ定刻どおりに来た市営バスに乗り込む。

乗客は高齢の人が多いのかと思っていたら、天気のせいもあるのか大半は高校生のようだった。

吊革につかまって車窓から見える景色をながめながら、昨日彼に言われた『社内恋愛はご法度』について考える。

キャリア採用で入社した社員が、既に社員と付き合っていたというのはなんとなく体裁が悪いと思っていたので、あずみとしても二人の関係はしばらく誰にも知られないようにするつもりだった。

お互い独身で何も悪いことはしていないけれど、そうは捉えてくれない人が世の中に多いこともわかっていたからだ。

それが、本当に秘密にしなければ転勤だなんて。

胸中にもやもやした気持ちを抱えながら駅に着いて、そこから電車に乗り換えた。

三つ駅を過ぎると、窓からロゴが入ったヤマノ化成の大きなプラントと社屋が見えてくる。電車を降りたのはあずみの他に数人ほどだった。

緊張しながらまずは総務に行くと、黒ぶちメガネの小柄な女性がＩＤカードを渡してくれて、商品部のオフィスまで案内してくれた。

「……篠原さんが一番乗りみたいですね」

その言葉の通り、オフィス内はがらんとしていて誰もいない。

時計を見ると、八時十五分を回ったところだった。清掃会社の女性が掃除機をかける高い音が通路から聞こえてくる。

どうやら、早く着きすぎたらしい。

「篠原さんの座席はここです。せっかくなのでＰＣを立ち上げていただいて、ログインとタイムカードの説明しちゃいますね」

総務の山地《やまじ》さんはやや声が小さく、淡々と話すタイプで声がちょっぴり聞き取りづらい。でも説明は的確で時おり冗談も交えて教えてくれるので、すぐにあずみは彼女に親しみを持った。

「コピー機はＩＤカードをかざさないと起動しないタイプです。うちの会社は環境保全の観点からペーパーレス化に取り組んでいるので、プリントアウトとかコピーは最小限にお願いします。会議の資料は支給されるタブレットで閲覧します」

コピーにＩＤが必要なのは前の会社も同じだった。タブレットが普及してからいろいろな常識が変わりつつあると、改めて感じる。

わからないことがあったら何でも聞いてくださいね、と去って行った山地さんを見送り、一人でぽつんと席に座っているとだんだん人が増えてきた。

「おはようございまーす」

「あ……おはようございます」

隣に、あずみよりも少し年上くらいの女性が出勤してきた。あずみがやや緊張しながら挨拶を返すと、気さくに話しかけてくれる。

「新しく入った方ですよね？　私は西尾《にしお》といいます。よろしくね」

「篠原です。こちらこそよろしくお願いします」

「ログインのやり方とかは聞いてる？」

「はい。さっき総務の山地さんに教えていただいて」

「そっか。私はパートだから勤務時間が短いけど、わからないうちはいろいろ聞いてね」

「ありがとうございます。よろしくお願いします」

西尾さんの温かい言葉にこっそり感動していると、二人組の女性が仲良く話しながらあずみ達のデスクに向かってきた。

一人はあずみぐらいの年頃で、ＩＤカードを見ると北本《きたもと》と書いてある。

もう一人はおそらく西尾さんよりも少し年上くらいだろうか。ＩＤには上杉《うえすぎ》と書かれていた。

なにやら、誰かの悪口らしき話で盛り上がっている。

「えーっ。でもそれって甘えじゃないですか？　あんたより忙しい人はいくらでもいるんだぞって、私だったら言っちゃうかもしれないです。はっきり言うタイプなんで、私」

「いや私もそうなんだけどね。でもさー、その場にいたらびっくりしちゃって意外と言えないのよ。向こうは自分が正しいって態度だしさ。ほんと、とんでもないよねぇ」

二人はあずみと西尾さんの席の向かい側にそれぞれ座った。西尾さんがＰＣに目線を向けたまま「おはよー」と言うと『おはようございまーす！』と二人ぴったり息を合わせて元気に挨拶を返す。

そこで二人は初めてあずみに気がついたように目を留めた。

「おはようございます」

あずみがおずおずと挨拶すると、西尾さんの時よりもかなり低いトーンで「……オハヨウゴザイマス」と言ってから、何事もなかったかのように二人で話し始めた。

……なんだか怖い。いや、よそよそしい？

わざとあずみが疎外感を感じるように、振る舞っているような。

いや、そんなわけがない。

自分は今、緊張で過敏になっているのかもしれない。

『社内恋愛はご法度、バレたら転勤』の衝撃がまだ拭えていないせいもある。

委縮したところに、聞き覚えのある低い声が聞こえた。

「……おはようございます」

創太郎だった。

ボタンダウンのポロシャツに、足周りのすっきりしたアンクルパンツ姿の彼は、真っすぐこちらに向かってきた。

（え……こっち……？）

創太郎は内心かなり動揺しているあずみには目もくれず、チームリーダーの席と思われるデスクに鞄を置いて座った。

「おはようございます！」

あずみの向かいの北本さんが背筋をぴんと伸ばし、透き通った声で創太郎に挨拶した。

さっき上杉さんと誰かの悪口を言っていた時とは声のトーンが全然違うので、びっくりする。

創太郎は気のない声であいさつを返し、のんびりミネラルウォーターを飲んだ後、鞄から白いタブレットを取り出し、ＵＳＢケーブルでモニターに接続した。

モニターはもう一つあって、どうやら二画面で仕事をするらしかった。

（……というか、）

よりにもよって。

まさか同じチームだとは思わなかった。しかもリーダーだなんて、あずみの上司ということになる。

この状況はかなり落ち着かないけれど、「ご法度」のこともあるし、とにかく仕事に支障が出ないようにしなければならない。

九時になると創太郎が顔を上げたので、あずみはどきりとした。

「ちょっと良いですか」

感情の滲まない、淡々とした声だった。チームのみんなが創太郎に注目する。

「今日から入社の篠原さんです。最初は慣れないことも多いと思うので、皆さんフォローしてあげて欲しいです」

あずみはその場で席を立ち、頭を下げた。

「篠原です。よろしくお願いします」

「えーと。前は家電メーカーにいたんでしたっけ」

「あ、はい。前職では広報関連の仕事をしていました」

「だそうです。一か月くらいはＯＪＴでの研修なので、最初から実務に当たりながら仕事を覚えてもらいます。基本的に僕が担当して、僕が不在の時は西尾さんにフォローをお願いしようと思ってます」

ＯＪＴというと、現場で実務をさせて従業員の職業教育をする、みたいな意味だったな

……とあずみが考えていると、

「えーっ⁉」

と、北本さんが声を上げた。声色は綺麗だったけれど、明らかな不満が感じられてびくりと体が竦んでしまう。

「でも和玖さんけっこういないし、西尾さんはパートだから十五時以降は私たちがフォローしなきゃですよね？　そんな状況でOJTなんて可能ですか？」

どうやらあずみの研修のことで不満があるらしかった。横から上杉さんが援護するように発言する。

「そうそう。私たち忙しいんで、それはちょっと困ります。OJTのマニュアルわかりにくいし！　この会社」

「それだったら最初からみんなでフォローするっていうことにしてもらった方が良いです！」

（んん……？）

二人の主張は筋が通っているように聞こえるけれど、そこはかとない違和感を覚えた。

（フォローしたいの？　したくないの？）

「そうですね。お二人とも忙しいと思うので、ご自身の通常業務だけに集中してもらってかまいません。十五時以降も、篠原さんには関わらなくて結構です」

創太郎が、かなり冷たく感じられる声色で言った。その突き放すような言い方にあずみは内心真っ青になってしまう。

しかし二人は特に何も感じなかったらしい。

それどころかまだ納得が行かないのか、小声で「でも、きっとフォローが必要になるから最初に言っておいてもらわないと……」などとぶつぶつ言っている。

正直なところ、フォローする気があるなら念頭に置いて臨機応変に対応すれば良いだけで、リーダーに最初に指示されるのとされないので、そんなに違いがあるのか疑問だった。

こちらはフォローをしてもらう立場だし、先輩に対してそんなことを考えるのはよくないのだけれど。

空気が悪くなりかけたところで、西尾さんがやんわりと言った。

「篠原さんが独り立ちするまでは、私が帰る前に篠原さんに簡単な仕事をいくつか任せて、二人の手を煩《わずら》わせないようにするから」

「西尾さんがそう言うなら……」

「じゃあそういうことで、以上です。あとは月次のニュースレターを確認して、各自仕事を始めてください」

創太郎が締めくくって、各々仕事を始める。西尾さんがさっそくメールとニュースレター、チャットの使い方を教えてくれた。

見たところ、どれも添付ファイルが多い。

扱う資料がたくさんあるようなので、まずは種類を把握しなければ、と気合いを入れた。

それからは総務の山地さんが来て、各部署やプラントを案内してくれた。なにしろ敷地が広く、歩くのに時間がかかる。ヒールの低い楽なパンプスを履いてきて良かったとあずみは思った。

欅《けやき》が植えられた敷地内の並木道はとても綺麗に整備されていて、二人だけで歩くのが贅《ぜい》沢《たく》に感じられる。

雨は降っていないものの、梅雨どきの生ぬるい風が吹いていて、土が水気を含んだ濃い香りが漂っていた。

「あ、じゃあ山地さんと私、同い年なんですね」

山地さんがこくりと頷く。山地さんは地元出身で、高校を卒業してすぐにこの会社に就職したらしかった。

ということは、もうこの会社に七年もいることになる。入社して一日目のあずみからすれば大先輩だ。

余計なことはあまりべらべら話さないという感じで全体的に口数が少ないけれど、ノリが悪いというわけでもないので、かえって話しやすかった。

その後、ミーティングスペースで会社の概要やコンプライアンスの話を聞いているうちに、もう十一時を過ぎている。

席に戻ると創太郎は席を外していて、北本さんと上杉さんは一つのＰＣを見て何か話し合っていた。なにやら深刻そうな雰囲気だ。

メッセージを確認してみたけれど、当然ながらあずみ宛てにはまだ何も来ていない。あとはCCで来ているものが二件ほど。内容を見る限りあずみが何かをしなければいけないという雰囲気ではなさそうだった。

後ろから西尾さんが声をかけてくれた。

「午後から教えることがたくさんあるから、先にお昼行っちゃおう。何か持ってきた？」

「あ、はい。お弁当持ってきました」

あずみはランチバッグを持って、西尾さんと一緒に廊下へ出た。

昼休みは十一時から十四時までの間に一時間、各人のタイミングで取って良いことになっていると説明を受けたところだ。

「私も今日はお弁当。三階で食べようか」

パウダールームに立ち寄ってから向かったのは、三階にある、売店が併設されたカフェスペースだった。

時間が早いからか、あまりひと気がない。

西尾さんが奥に進むのに着いていき、二人で窓辺の席に座った。窓側は全面ガラス張りになっていて、ウッドデッキのテラスが見える。

テラスにはイスとテーブルが数組設置されていて、頭上には日よけのタープまであった。

「えっ、素敵！」

あずみが思わず口に出すと、西尾さんが「ああ、テラス？」と微笑む。

「暖かい時期は外に出られるんだよ。まぁ今日は天気が良くないから、また今度だね」

道路側に植えられた欅《けやき》の枝葉が、すぐそこにかかるぐらいに伸びている。

テラスに出れば、さわさわと葉擦《はず》れの音が聞こえそうだった。

「都会のお洒落なカフェのテラスみたい……！　映えってやつですね」

「ね、映えだよね」

そんなことを言いながら、テーブルにそれぞれ飲み物と弁当を広げる。

いろいろと世間話をしつつ食事をしていると、不意に西尾さんが言った。

「牽制と匂わせのメッセージ、来た？　北本さんから」

北本さんが牽制と匂わせとは、どういう意味だろうか。穏やかな話ではなさそうだった。

「……どういうことですか？」

「新しく若い女の子が入ってくるとね、北本さんが〝和玖君は私のものだから手を出すな〟っていうのを匂わせる文面のメッセージを送るのよ、必ず」

「え、なんで……」

「彼女、和玖君のことが好きでいろいろアプローチしてるけど、うまくいってないみたいなの」

ということは、北本さんは同僚に気持ちを悟られるくらいの振る舞いをしているということになる。

もしかして、彼女は「社内恋愛はご法度」の話を知らないのだろうか。

「和玖君てあの通りのイケメンでしょ、かなりの。背も高いし、若いのにリーダー任されてて有望株だしね。だから北本さんとしては誰かに取られないか不安でそういうことしちゃうのかも。まぁ、全く褒められた行為ではないんだけど」

同じチームの女性が創太郎を狙っているらしいと聞いて、あずみは落ち着かない気分になる。

もともと緊張で下がり気味だった食欲がさらになくなってしまった。

午後からも仕事があるし今日は暑いので、体調を崩さないためにもしっかり食べなくてはいけないと思い直し、とりあえずサンドイッチの端をかじる。少しでも食べ進めれば食欲が出てくるかもしれない。

「ゴメン、初日からこんな変な話。仕事に関係ないし、陰口みたいで嫌だよね」

西尾さんはあずみの様子の変化に気がついたようだった。弁当に詰められた白米をちょっとずつ食べながら、ばつが悪そうに言う。

「篠原さんの前に他の課からうちのグループに来た子がね、和玖君と気が合ったみたいで、わりとよく話してたんだけど。あの二人……北本さんと上杉さんに嫌がらせされて、病んじゃったんだ。その子が休職する前日に本人から聞いて、私、すごく後悔してて。考えたらおかしなことといろいろあったのに」

自分が来る前に、そんな出来事があったなんて、気分が悪くなってくる。

あずみは自販機で買った紅茶をごくりと飲んだ。

「その人……会社には何も言わなかったんですか？　精神的な理由で休職ってことは、人事から慎重にカウンセリングを受けますよね？　何か職務上の原因がなかったかとか」

「うん……何度か面談したみたいなんだけど、言わなかったというか、言えなかったみたい。あくまでプライベートの悩みが原因ってことにしたらしくて。それくらい、あの二人が怖くなっちゃったみたいなの」

極端に気分が落ち込むことが続いて精神的に追い詰められた時、その原因となったものがもはや恐怖に感じるのは、よくあることだろうなとあずみは思った。

「それでね、次に新しい子が来たら早いうちから関係築いて守らなきゃって思ったんだ。完全に私のエゴなんだけどね。和玖君は優秀だけどちょっと鈍感ぽいし」

聞けば、その時西尾さんは自分の仕事をこなすので精一杯だったらしく、その人が悩みを打ち明けられるような関係を築けていなかったのだという。

会社に入ったばかりの人に人間関係のデリケートな話をするのは、本来であれば自分の印象を悪くしかねないようなことだ。

本当は話すことにかなり気が引けたに違いないのに、あずみのことを心配してくれたことがありがたい。

「私のこと、気遣ってくださってありがとうございます」

西尾さんに素直に気持ちを伝える。

「とりあえず、和玖さんと話すときは少し慎重にしてみようと思います」

「うん。普通は同僚に対して全然そんな風にする必要ないから、納得はいかないけどね」

西尾さんはそう言い、辛気くさい空気をかえるように、良かったら明日も一緒にランチをしようと誘ってくれた。

「社食のサラダバーのことは聞いた？」

「いえ、聞いてないです」

「うちの会社がね、近隣の農家さんから野菜を買って、社食でサラダバーとして提供してるの。ランチを頼んだら無料でついてくるんだよ。お弁当がある時でも単品でつけられるからかなり重宝するんだ」

「それはいいですね。ランチの時って意識しないと野菜あまり摂れないですもんね」

その後はお互いの話をしているうち、あっという間に時間が経って、二人は慌ててカフェスペースを後にした。


スマートフォンに届いていた「今日はちょっと遅くなりそう」というメッセージの通り、創太郎が帰ってきたのはそろそろ十九時という頃だった。

車が駐車スペースに停まる音がして、玄関に向かうと、創太郎があずみを見るなりホッとした顔になる。

「ただいま。外、蒸し暑いね。汗かいて気持ち悪い」

「おかえりなさい。ごはん用意するから、シャワーどうぞ」

自分でもびっくりするぐらい元気のない声が出てしまって、創太郎がわずかに目を瞠《みは》った。

「何かあった？」

「ううん。とりあえずシャワー入ったら。ごはん用意するから」

そう言って玄関から踵を返し、キッチンへ向かう。

夕食はそうめんと、今朝の残りで蒸し鶏のサラダにしようと思って、あとは麺を茹でるだけにしてある。

昼過ぎ、本当に北本さんからメッセージが届いた。

『お疲れ様です。少しは慣れましたか？　リーダーはけっこう気が利かないところがある（笑）ので、今後もし篠原さんのお気を悪くするような発言などがあったらごめんなさい。その場合は私に言ってください。よく言って聞かせます。同期だし、社外でも一緒のことが多いので（↑できれば秘密にしていただけると助かります汗）』

『それと、これは一応なのですが……（人差し指を立てている絵文字）』

『篠原さんがいらっしゃる前にうちのチームに入った女性がいたのですが、リーダーに恋愛感情を持ってしまい、業務に支障が出ていたのでチーム内でちょっと問題になりまして』

『結局その人はプライベートでも何か問題があったらしくいま休職しているのですが……』

『うちのチームは女性同士仲が良くて（他の課ではイジメとかあるみたいですが全然理解できない……涙）、楽しく仕事をしているので篠原さんにもそれを理解していただきたいというか、チーム内で恋愛しようとかはあまり考えないで欲しいです汗汗。というかうちの会社は基本社内恋愛厳禁なので。』

『それにリーダーは無駄に見た目が良いのでけっこう社内で人気がありますが、中身をよーく知ってる私からすると正直おすすめできません（笑。ホント奴は外見だけでモテてるんだなという感じです。』

『釘を差してるように聞こえたらごめんなさい。』

『ただ、私は居心地の良いチームでみんなでお仕事を頑張りたいって、とにかくそれだけを考えている人間なので。お仕事至上主義です。←だからモテないのかも笑』

『長々とすみません！　今度一緒にランチ行きましょー。それか、金曜日とかに女子会やりましょう。ではでは♪』

これを読んだ時の感情をどう表したら良いのか、あずみのボキャブラリーでは説明が難しかったけれど。

しいて言うならば、全身の血が氷点下まで冷えた後、一気に沸かされて頭のてっぺんから吹きこぼれそうになったみたいな。

メッセージを受け取った時、お互いのＰＣを挟んで向かいに座る北本さんはまっすぐに前を向いて画面を見ていたけれど、視界の端でこちらの様子をうかがっているのがわかった。メッセージの内容を確認したあずみの反応が気になるらしかった。

その時はキンキンに冷えたチルドカップのカフェラテを買ったばかりだったのが幸いした。

頭が痛くなる勢いでぐびぐび飲んだので、怒りで上がった体温を少しは下げられたと思う。

あのメッセージの文面は、今思い出しても不愉快というほかない。

家に帰ったら、同じチームでしかも上司だということを伏せていた創太郎に厳重な抗議をするつもりだったのに、それどころではなくなってしまった。

西尾さんの話では、あんな内容のものを過去にも複数の女性社員に送り付けていたということだったけれど、正直、正気の沙汰ではないと思った。

休職した女性社員について、恋愛をしたことで仕事に支障をきたしていたと主張していることも気に食わない。

あのメッセージは、一種のハラスメントだと思う。どうにかならないのだろうか。

あずみはイライラした気持ちを鎮めるために、ふう、とため息をついた。

ここに引っ越してきてから色んなことがあって、職場にも慣れていないから体は相当に疲れているはずなのに、精神が張りつめているのか、疲労を感じない。

けれどこの後食事をして寝る前にもう一度シャワーを浴びたら、気が抜けてどっと疲れが来る気がしていた。

その予感は的中して、創太郎と夕食を済ませた後、シャワーを浴びたあずみは体が急に重たくなってリビングのソファに沈み込んだ。

気分転換にドラマを観ようと思ってテレビをつけていたのに、内容が全く頭に入ってこない。

仕方がないので、また時間のある時に見逃し配信で観ることにして、テレビを消した。

そういえば、創太郎はどこへ行ったのだろう。食事の後食器を洗ってくれて、その後は自室にいるのか姿が見えなかった。

まだ彼が近くにいるとソワソワして落ち着かない。キスするのも緊張してしまう。

でも今は疲れているせいか、無性に彼と肌を触れ合わせたいと思った。

それでも彼の部屋に行くのは勇気がいる。

少しの間だけでも、抱きしめてくれたらそれで良いのだけれど……。

あずみは思い切って、彼の部屋へ行くことにした。

明りが灯った廊下を進み、主寝室の入り口に着くと、ノックをする。

すぐに「どうぞ」と返事があって、あずみはそっとドアを開けた。

部屋の電気はついておらず、デスクの上の間接照明が淡いオレンジ色の光を放っている。どうしたの、と聞かれたら何と答えたら良いのだろうと思ったけれど、彼は特に何も聞いてこなかった。

ＰＣで何か作業をしていたらしく、ブルーライトを最小限に抑えた赤っぽい画面が、ぼんやりと光っている。

ワーキングチェアに腰かけたまま振り返った彼は、柔らかい笑みを浮かべてあずみを見つめていた。

あずみは吸い寄せられるように、彼の方へ歩き出した。

創太郎がおいで、というように両手を広げて迎え入れてくれる。それに甘えて、彼の腕の中にすっぽりと納まった。

少年時代よりも広くなった肩幅や、がっしりしているというわけではないけれど、しなやかな筋肉のついた胸や腕に、改めてドキドキしてしまう。

彼の体からは、お湯と石鹸《せっけん》の香りがした。

「疲れてる？」

長い脚の間にあずみの体をゆるくはさむようにしながら手を握り、わずかに首をかしげて創太郎が問いかけてくる。

小さい子にするような、優しく温かい声だった。

頷くと、あずみを膝の上に横向きに座らせて、ぎゅっと抱きしめてくれる。あずみも彼の首に手を回した。

お互いの体がぴったりと隙間なくくっついて彼の体温を感じると、胸につかえていたものがゆるく溶け出すような安心感があった。思わず深いため息が漏れる。

しばらくお互いに無言でそうした後、創太郎が体を離し、屈むようにしてあずみの額におでこをこつんとぶつけた。

あずみは目を閉じる。安心したせいか、急に眠気が来た。

「……創太郎君、昔と同じで、私の好きなにおいがする」

「えっ。汗くさいとかじゃなく？」

「創太郎君は汗かいてても全然くさくないから大丈夫」

目を開けると視線がぶつかり、お互いに目を閉じる。自然な流れで唇が重なった。柔らかく、ぴったり唇を合わせるようなキス。

唇から伝わった甘い痺れが胸のあたりまで広がった時、左手の手首を引っ張られた。

「……あ……」

思わず声が漏れる。

引っ張られたあずみの手は硬くなった場所に導かれ、布越しの彼の感触が伝わった。

（どうしてこんな風に、触れさせたんだろう……）

考えると、あずみの中に困惑とも恥じらいともつかない感情が芽生えて、下腹に電気が走ったようになる。

嫌じゃない。ただ、彼に求められているという喜びと恥ずかしさがぐちゃぐちゃになって、何も言えなくなった。

抱きしめて充電してもらうだけで十分だと思ってこの部屋に来たけれど、もうそれだけでは帰れない雰囲気だった。

覚えたばかりの行為は、頻繁《ひんぱん》にするのがまだちょっと怖い。

啄ばむようなキスの雨が降りかかり、流されてしまいそうになるのを必死でこらえてあずみは言った。

「……ごめんなさい。今日はもう寝ようと思ってたの」

「うん。じゃあ一緒に寝よう」

「あ、でも、」

創太郎はあずみをふわりと抱きあげると、ベッドへ運んだ。

前にもそうされたように、後頭部を守るように手のひらを添えられて、マットレスに降ろされる。

「あ……っ」

のしかかってきた彼に首をゆるく噛まれ、甘い声が勝手に喉から出てしまう。

わずかに残った理性を総動員し、彼の胸を押して抵抗めいたことをするけれど、抑え込まれて、敏感なところを攻められる。

ずるい、と思う。

そんな風にされたら――――したくなってしまう。

まだ体を重ねてから日が浅いのに、すでに創太郎はあずみを懐柔する術を心得ているようだった。

溶け合うようなキスを重ねているうちに、いつの間にかルームウェアの前が開けられていた。

脇腹と胸のあいだの、いちばん柔らかい部分を甘噛みされて、ちう、と吸われると、頭がくらくらした。

彼の大きな手が、あずみの背中から腰にかけてを探るように動いて、ゴムの部分からするりと下着の中へ侵入する。

しなやかな指は、お尻と太ももの付け根をぐるりとたどった。

胸を責められてぼうっとしていたあずみが、創太郎の意図に気がついて、その手をおさえようとした時にはもう遅かった。

彼の手は下着の締めつけ部分を緩めるようにして、あっという間にパジャマごと膝まで下ろしてしまった。

あずみは驚いて彼を見上げた。半身を起こしていた創太郎は熱のこもった瞳を真っすぐに、突き刺すように向けてくる。

そんな風に、欲望を、性の感情をまっすぐに向けて、ためらわずに伝えてくるのもずるい。

大人の彼は、どうあがいても「したくなってしまう」状況や空気を、あっという間に作り上げてしまう。

下着とパジャマを片方の足から引き抜かれ、秘部が空気にさらされると、少し冷やりとした。

心もとない気持ちになるのと同時に、すでにそこが濡れているのだとわかって、自分のいやらしさが恥ずかしくなる。

「や……！　ま、まって」

見られたくなくて、膝どうしをすり合わせるようにして足を閉じた。

あずみの恥じらう気持ちに、彼が気がついていないはずはない。

それなのに、彼はためらわずにあずみの足首を持ち上げると、首をわずかに傾けてかかとへ唇を這《は》わせた。

「、……っ」

「……中学生のとき」

「え？」

「靴擦れしたところ、きれいに治ってる」

あずみの脳裏に、当時の記憶がよみがえった。

お付き合いをして、それまでにないくらい肌が近づいた最初で最後の日のことを、彼は言っているのだ。

「……なつかしいね」

あずみが言うと、創太郎は傷のあった箇所をちう、と吸った。

「んっ……」

かかとを吸われただけなのに、どうしてこんな気持ちになるのかが、自分でもわからない。

戸惑いと、もどかしさがどんどん下腹の奥でふくらむのを感じる。

創太郎はあずみの足をそっと降ろし、内ももに手を滑らせて、あずみのその部分に触れた。

「……濡れてる」

どこか満足そうな声音に、顔が熱くなってしまう。

「言わないで」

「ごめん。嬉しくてつい」

(嬉しいって……)

さらに顔が熱くなる。

顔は見られなかったけれど、彼が苦笑しているのがわかる。

おそらくは、唇の端をあげて。

「……ぁ、んっ」

しなやかな指がぬる、と侵入してきたのを感じて、吐息交じりの声が漏れた。

創太郎の長い指は前にした時よりも、もっと奥の方を探るようにゆっくり進む。

ときどき、指がこすれると感じる場所があって、腰がぴくりと動いてしまう。

「ふ、……んんっ」

声を堪えようと唇を結んでいても、自分のものとは思えない甘く震えた声が出てしまま

う。

　創太郎は指を動かしながら、あずみのへその上や脇腹にキスを落とした。

　キスがしだいに上の方へ上がってきて、乳房の肉をすくいあげるように吸ったあと、唇が胸の先端に触れた。

　あずみの弱い部分だ。

「んんっ、ぁ、」

　温かい彼の唇が先端を柔らかく包んで舌が絡むと、熱を孕《はら》んだ快感が生まれ、なぜだかもどかしい気持ちになる。

　彼の指にもたらされた下腹の奥への刺激とあいまって、ぴくぴくと体が動いてしまうのを既に抑えきれなくなっている。

「は……ぁあっ」

　でも。

　しなやかな指はたしかに愛おしいけれど。

　――それでは、足りない。

　あずみは手を伸ばし、胸元に唇を這わせていた創太郎の頬に触れた。

　敏《さと》い彼はすぐに察して顔を寄せ、いま一度深くキスをしてくれる。

「んん……」

　舌が絡み合って、部屋の中にくちゅくちゅと音が響いた。

半ば無意識に手を伸ばし、鎖骨を指でたどると、彼の肩がぴくりと跳ねた。

唇が離れて、吐息交じりの掠れた声が低く響く。

「ゴメン、限界」

薄目で見た彼の顔には、切なげな色が滲んでいた。

応えるように、こくりと頷く。

まぶたに合図のようなキスが落とされて、秘所の入り口に先端がぐい、とあてがわれると、それだけでくぐもった声が漏れた。

腰が進められて中の壁とこすれ合い、ずりゅ、と挿入ってくるのがわかる。

痛みはもうないけれど、肉の圧迫感が少しだけ苦しかった。

「、は、ぁっ、……」

見ると、彼も何かを堪えるような目をしている。

視線が絡み合うのと同時に、噛みつくようなキスをされた。

「んぅっ、」

あずみの漏らす声とお互いの息づかい、唇や舌が絡み合う音、肌どうしがぶつかる音が夏の夜に満ちて、濃厚な空気を作っている。

「ん、は、っ……」

絡んだお互いの指に、じっとりと汗が滲んだ。

ベッドのきしみを背中で感じながら夢中になってお互いを求め合う。

そうしているうちに体をベッドに縫い留められるように押し付けられ、激しく何度も穿たれる。

彼が果てた後、深いため息をついてあずみの頭の横に倒れこむようにするのが、たまらなく愛しかった。


彼と初めて肌を合わせてから数日もしないうちに、自分はずいぶん変わったと思う。

以前はその手の話題に興味がなかったし、むしろ苦手だったのに。

今は求められると、恥ずかしさはあるけれど、嬉しい。

そんなことをぼんやり考えていると、腕枕をしてくれていた創太郎が口を開いた。

「…考えごと？」

「うん。とりあえず、プライベートは幸せだなって」

「じゃあもう一回、幸せになる？」

「えっ？　……んぅ、」

結局その夜は、体のすみずみまで舐められて飲み込まれてしまった。


翌朝はカーテン越しの夜明けの光と、野鳥の声がアラーム代わりだった。

重たいまぶたを上げて横を見ると、創太郎があどけない顔ですうすう眠っている。お互い何も着ないで眠ってしまったようだった。

初めて彼と朝を迎えた時と同じように、あずみは彼の綺麗な寝顔を見つめた。

昨日の朝は顔色が悪かったので心配したけれど、今朝は何の問題もなさそうだった。

たたまれていたルームウェアを着ると、しなやかな腕につかまらないうちにベッドから抜け出す。

起きた時に疲れていたらどうしようと思ったけれど、まったくそんなことはなかった。むしろいつもより頭も体もすっきりしていて、昨日の夜に心をじわじわ痛めつけていた嫌な気持ちは、すべてどこかへ行ってしまったような気分だった。

たしかに同僚からは嫌がらせめいたことをされたし、なにより会社のばかげた慣習のために彼との関係を秘密にしなければならないことにプレッシャーを感じもした。

それと、会社では直属の上司になることを彼が秘密にしていたことにもちょっぴり腹が立っていたけれど。

でも今は、どうにかなるだろうし、なんとかしようという前向きな気持ちになっている。

無地のタオルケットに包まっていた彼がもぞもぞと動いた。どうやら目を覚ましたらしい。

「おはよう……」

寝起きのくぐもった声で創太郎が言うのを見て、なんだか猫みたいだなとあずみは思った。

「おはよう」

あずみはそう言ってまだぼんやりしている彼に体を寄せると、頬にキスをした。

「ん……なに」

何かを期待した創太郎に腕を引かれそうになるのを苦笑しながらさっとかわす。

「……創太郎君に、ありがとうの気持ちを伝えたくて」

「え、どういうこと」

創太郎はなかば無意識なのか、なおもあずみの体に触れようと手を伸ばしてくる。かわしきれず、腰の横から胸にかけての曲線をするんと撫でられた。

「……だめ。もう本当に時間がないの」

あずみは非情な気持ちで告げると、創太郎を置き去りにしてリビングに向かった。

壁の時計で時刻を確認し、まだ早い時間だったことに安心した。

家を出る前にしなければいけないあれやこれやを頭の中で組み立てる。

シャワー。着替え。持ち物の確認。化粧。髪の毛のアレンジ。朝食。お弁当。片づけ。歯みがき。

スマートフォンで天気予報を確認すると、今日は一日快晴になるようだった。ということは、洗濯もしなければ。

「よし、今日も頑張ろう」

窓の向こう、日差しの出てきた空に向かって思い切り伸びをして、あずみは浴室に向かった。

六章　箱庭の日々

二人の関係を会社に隠さなければいけないことや、同僚からおかしなメッセージが来たことをのぞけば、あずみと創太郎の二人暮らしは順調そのものだった。

休日は誰かと遭遇することのなさそうな隣県に出かけて観光をしたり、足湯に並んで入ったり、中学生の時には出来なかったような恋人らしいデートを楽しんだ。

出かけない時は朝に掃除を済ませて、廊下のラタンの椅子に座って本を読んだり、タブレットで雑誌を眺める。

その後は昼食を軽めに済ませて夕食を早い時間に作り、ワインをゆっくり飲みながら映画を観たり、海外ドラマを何時間も延々と観ながら感想を言い合ったり。

休日には必ず二人でごはんを作る。

休みの日といえば泥のように眠って、体力と精神力の回復に務めていた前職の時と違い、今は気持ちに余裕があるので、スパイスを調合するところから始めてチキンカレーとナンを作ったり、手間のかかる料理を楽しめるのが嬉しい。

この家の古い調理器具にも愛着がわいてきている。

鉄のフライパンは使う前は油慣らしをして、使った後はたわしで洗ってから加熱して水分を飛ばし、油分を塗り込んで錆を防ぐという手順が必要だ。

でもそれさえ守れば断然料理の仕上がりが早く、しかも美味しく出来るのであずみは自分の料理の腕が上がったような気分になった。

特に、オムレツ、しょうが焼き、野菜炒めはもうテフロンのフライパンには戻れないくらいに美味しく出来る。

そんな日々の暮らしの合間を縫うようにキスをして、肌をさぐり合う。

同じ時を過ごすはずだった十年間を取り戻そうとするかのようにあずみと創太郎は寄り添い、汗だくになりながら何度も何度も体を重ねた。

創太郎のおばあさんの入居している高齢者住宅に、お盆前の休日に一緒に顔を見に行かないかと誘われたのは、遅かった梅雨開け宣言から一週間ほど経った、八月初旬の朝のことだった。

「隣の市の街中にあるんだ。車で一時間くらいかかな。お盆は友達と過ごすから帰らないって言ってて」

「そうなんだ。じゃあ今週の土日どっちかにする？」

創太郎の様子を気にしつつ、明るい声であずみは言った。

今日の彼は顔色があまり良くなかった。疲れているのだろうか。

夜にあずみと一緒じゃない時の彼は、自室で遅くまで何かしているようだった。趣味で何かやっているのか、それとも違う何かなのかは、まだ聞けていない。

「いや、来週にしよう。今週は二人の時間にしたい」

「何かあった？」

「うん……俺から誘っておいてなんだけど、初めて街中に出かけるのがうちのおばあちゃんのところって、どうなのかと思って」

「え、全然気にしないよ！　それより直接挨拶しておきたいし。行こう？」

「え、そう？　じゃあ日曜にしようか」

「わかった、楽しみにしてるね」

創太郎のおばあさんとはこの家に来てから何度かビデオ通話をさせてもらったけれど、直接会うのは六月に初めて会った時以来だった。

二人の関係を説明するのが気恥ずかしい気もする。

(中学の時にお付き合いしてたって言ったら驚くよね、きっと)

「わ、もうこんな時間。私先に行くね」

そうこうしているうちにもう出勤の時間になって、あずみは慌てて玄関に向かった。パンプスを履いてガラス戸を開け、外に飛び出す。

今日の空は厚い雲がかかっているけれどそれほど湿気も感じず、むしろ清々しさを感じるくらいだった。

仕事には、かなり慣れた。

あずみの隣の席の西尾さんは、集中して黙々と仕事をするタイプ。

楽しいことがあったら雑談もするけれど、基本的には無言で集中して仕事に取り組んでいる時間が長かった。

初日からおかしなメッセージを送りつけてきた北本さんと、その隣の上杉さんは、集中している時間もそれなりにあるけれど、雑談が始まるとこれがかなり長い。

どうやら何かわからないことがあった時、チャットで担当者に確認したりリーダーの創太郎に聞いてみれば良いのに、かなりの時間二人であぁでもないこうでもないと相談し合ってから、結局解決せずに他の人に頼るというパターンが多いようだった。

会社に対する愚痴も多い。

「いくらなんでも忙しすぎる。部長にかけあって、今すぐに業務量を見直してもらうべきだ」と言っているのが聞こえるけれど、二人がそれを実行に移す気配はなかった。

（聞きたくないけど、声が大きいから耳に入ってきちゃうんだよね……）

当然しゃべっているだけでは仕事が回らないので、二人のフォローを創太郎と西尾さんでしている。

お二人の仕事が忙しいのは話をしている時間が長いからでは？　と言ってみたいけれ

ど、入ったばかりのあずみに出来るはずも、勇気もなかった。

西尾さんとランチをした時に相談すると、力なく笑って「そのうち慣れる」とのことだったけれど、本当に慣れることが出来るのか不安だ。

リーダーの創太郎は、席にいる時はほぼ喋らない。

たまに他部署の仲が良いらしい男性社員が来た時などは笑いながら雑談していて、そこに西尾さんが加わることもある。

創太郎と西尾さんは、創太郎がインターンの時から知り合いで、仲が良さそうだった。二人の間にお互いの仕事に対する信頼があるのが、傍から見ていても伝わってくる。彼があずみ以外の人たちと話している姿を見るのは微笑ましかった。思わずにやけてしまいそうになるので、注意が必要だ。

一番やりにくいのは、あずみが創太郎に仕事上の指示を仰いだり相談をする時だった。昔を知っていて、同じ家に住んで、時には同じベッドで過ごすこともある人と、そんな素振りを見せずに会話するのは思った以上に勇気がいるというか、緊張するし恥ずかしい。

創太郎は会社ではポーカーフェイスが上手なので全く動じる素振りはないけれど、あずみは彼と話すときに自分の顔や首筋が緊張や恥ずかしさで赤くなっていないかすごく心配だった。

それと、やはり。

創太郎とあずみが話している時の北本さんの気配が怖い。

あの牽制メール以降、直接何かをしてくるわけではなかった彼女だけれど、こちらを探りたい気持ちのようなものは、ひしひしと伝わってくる。

視線こそ直接向いていないものの、二人の間でどんな言葉が交わされたのかや、どういう感情の動きがあったのかを全身で感じ取ろうとしているように思えた。

二人の関係が露呈してしまったらどうなるのか、考えるだけで恐ろしい。

北本さんは自分のことを「見た目はフェミニンで女子力高いってよく言われるけど、中身は結婚願望のない、仕事が大好きなもはやおっさん化した人間なんです」と言っている。

それを自分から言ってしまうことに、なんともいえないもやもやを感じてしまうのはなぜだろう。

彼女が「社内恋愛はご法度、バレたら転勤」の慣習についてどう考えているのかは知りようがなかったけれど、社内で創太郎と付き合っているということをあずみが思っていたよりも多くの女性社員に匂わせていて、いろんな意味でヒヤヒヤしてしまう。

このことについて創太郎が知らないはずはなかったけれど、どうやらはっきりと否定していないようだった。

歯がゆさはあるけれど、あずみが創太郎の立場でもそうなってしまうだろうなとは思う。否定すること自体は簡単だしそうしたい。

しかし、その瞬間に北本さんは「社内の男と付き合っていることを偽装した痛すぎる人間」になってしまうのだ。

実は、北本さんのことを創太郎に聞いたことがある。

「あんな風に言っているけれど、大丈夫?」と。

彼の答えは「考えがあるから、申し訳ないけどもうしばらく彼女の好きにさせておいて欲しい。ごめん」だった。

それは彼の優しさなのかもしれないけれど。

(もー、もやもやする……)

プライベートで創太郎とあずみはずっと一緒にいるので、創太郎が北本さんと会っていたり、少しでも気持ちがあるのではなんて、全く考えない。

でも、あずみがここに来る前はどうだったのかはわからないと思ってしまう時もある。

北本さんから爆弾のようなメッセージが来た時、内容がひど過ぎて一度はむしろ二人の間には何もないと確信したつもりになっていたけれど、北本さんの振る舞いがあまりにも堂々としているので、それが揺らいでしまうのも事実だった。

「お弁当、全然進んでないけど、大丈夫?」

西尾さんに声をかけられてはっとする。

今日は気持ちの良い天気だったので、テラスで一緒にランチをとっていたのだった。

「頭から煙が出そうなくらい悩んでるように見えた」

「うう、すみません……」

西尾さんを心配させてしまったことが申し訳なかった。

「仕事のこと？　ちゃんと出来てるから大丈夫だよ」

　そう言って西尾さんはお茶を飲み、近くに人がいないかを確認してから言う。

「それともあの二人のこと？　それだったらゴメン、ほんと慣れるしかないと思う。二人ともあの通り弁が立つせいか、上から意外と信用されてるからどうにも出来ない部分があって。理不尽だと思う人事があったらためらわずにSNSで告発する！　拡散させる！　って息巻いてるし」

「そうなんですね……」

　二人のパワーの強さを象徴するようなエピソードを聞いて、あずみはげんなりする。

　正確には今あずみを悩ませていたのは二人のうちの一人と創太郎の関係性についてだったけれど、あずみと創太郎が付き合っていることは西尾さんにも秘密にしているので、言えなかった。

「和玖君もいろいろ悩んで動いてくれてるみたいなんだけど、なかなかね」

　創太郎があの二人の仕事に対する姿勢について悩んでいるとは意外だった。静観しているのだと思っていた。

（でもそっか、チームリーダーだからそれはそうだよね）

「あの二人の仕事のフォローって、私もちょっとはやってるけど、大半は和玖君がやってるんだよ。ただでさえ自分の仕事も忙しいのにね」

「それって、すごく大変ですよね」

「うん……他の人の三倍は働いてると思う。きちんと確かめたことはないけど」

もしかして家でも遅くまで自室で何かやっているのは二人のフォローのためなのだろうか。

いくらチームの責任者とはいえ、無理をして体を壊して欲しくないとあずみは思った。

「北本さんもさ、和玖君のことが好きならもう少し集中して仕事してくれたら良いのにね。……って、本人はバリバリ働いてるつもりなんだよね。しかもやりたくない地味な仕事はパートの私にやらせればいいと思ってるみたいでさ」

「ひどい話ですね……」

また頭から煙が出そうな気分だった。

西尾さんがきらりと目を輝かせる。

「個人的には、篠原さんと和玖君が二人で話してる時の空気感の方がよっぽど彼氏彼女っぽいけどね～」

あずみはお茶を吹き出しそうになった。

「っ……、もう、何を言ってるんですか」

「ていうか、なんか似てるんだよね、二人って。具体的にはどこって思いつかないんだけど」

「そうですか？　自分では全然わかりませんけど」

実は、似てると言われたのはこれが初めてではなかった。

中学時代からの友人の陽菜にも、「なんか二人って似てる。てか似てきた？」と言われたことがある。

そういえば創太郎とのことを陽菜に報告していなかった。

陽菜は唯一、中学の時から気兼ねのない付き合いが続いてる親友で、創太郎とあずみの経緯を知っている。

転職して東京から引っ越す予定だということを伝えたのを最後に、連絡するのをすっかり忘れていた。落ち着いたら連絡してと言われていたのに。

陽菜に連絡して、いろいろ相談してみるのも良いかもしれない。

思わぬタイミングでのひらめきのおかげで、もやもやした気持ちが吹き飛び、にわかにやる気がみなぎってくる。

そんなあずみのわかりやすい変化に気がついたのか、西尾さんがくすりと笑った。

「なんだか、篠原さんて見ていて飽きないというか、癒されるわ」

「そ、そうですか？　自分では早く落ち着いた人間になりたいと思ってるんですけど」

むしろ癒されているのはあずみの方だと思った。仕事の時はまだ肩に力が入ってしまうので、こうしてお昼の休憩にテラスで西尾さんと話していると、とても落ち着く。

彼のことも、そんな風に少しでも癒せたら良いのに。

彼とは同じ家に住んでお付き合いも順調と言えるけれど、それでもときどき距離というか、あずみでは力になれない申し訳なさのようなものを感じることがある。

たとえば、寝不足を思わせる顔色で朝食はいらないと言われた時。

別にそれ自体は個人の都合だからと気にしないようにしてきたけれど、彼があずみに言わずに何かを抱えている気がして心配になってしまう。

じっと黙り込んで、考え事をしている時もある。

そういう時は話しかけても反応が薄いので、悲しい気持ちになった。そうすると彼はすぐに気づいて少し慌てたように抱きしめてフォローをしてくるのだけれど、日をまたぐとまた同じような時があるのだ。

あずみがもっと落ち着いた性格で、相談相手として申し分のないような人間であれば、彼も一人で悩まずに済むかもしれないのに。

すごく、もどかしい。

さっき吹き飛んだはずのもやもやがまたやってきた気がして、あずみは小さく頭を振った。

もうお昼も終わる時間だし、プライベートのことはとりあえず捨て置いて、仕事モードに切り替えなければ。

西尾さんと午後からの予定や見通しなどを話しながら歩いていると、四十代後半くらいのやせ型の男性が廊下の向こうから歩いてきた。

なんとなくＩＤカードを確認すると「新田」と書いてある。

名前を認識した途端、ぴりっと肌がひりつくような感覚を覚えた。

創太郎が言っていた、「社内恋愛はご法度、バレたら転勤」を主導しているらしい統括部長だ。

（まともに見たのははじめてだけど、ちょっと怖そうな……先入観のせいかな？）

すれ違う際、新田統括部長がするどい眼光でギロリとこちらを見てきた。

肩がすくみそうになるのをこらえて、軽く会釈をしてやりすごす。

ご法度なはずの社内恋愛をしている身なせいか、どうしても過剰に反応してしまう。

しばらくドキドキしていたけれど、呼び止められることはなく席にたどりついた。

「新田さん、怖かったでしょ」

「こ、怖かったです。眼光というか、威厳というか」

西尾さんはあずみの人物評を聞いてふき出した。

「そうそう、怖いオーラがあるんだよね」

「圧倒されてしまいました」

「中身はそんな怖い人じゃないんだけどねぇ」

ゆるく微笑んだまま、ぽつりと言う。

知り合いなのかな？　と気になって聞き返そうとしたけれど、他部署の人に話しかけられて、その話はそれっきりになってしまった。

夕方になるとあずみの気分が高揚するのは、前に勤めていた会社では日の沈む前に家に着くことが稀《まれ》だったからだ。

日の長いこの季節であれば、定時で退勤して四十分もしないうちに玄関の鍵を開けられるので、夕食の支度をする時間になるまでは自分のやりたいことをしてのんびり過ごすことが出来た。

シャワーを浴びてさっぱりした後は、ネットショップで一目ぼれして買った、涼しげなマリン柄のルームウェアに袖を通した。

創太郎の帰宅時間は二十時くらいになるらしいから、夕食の準備はもう少し後でも良いだろう。

「よし」

先に陽菜に電話をかけてみよう。

グラスに注いだ麦茶を持ち、縁側にあるお気に入りのラタンの椅子に座った。コーヒーテーブルにグラスを置いて、スマートフォンの通話履歴から陽菜の番号をたどる。

あずみが頻繁に電話する相手は少ないので、電話帳からたどるよりもこの方が断然早いのだ。

『もしもーし』

発信してすぐに陽菜が出た。

陽菜は大学を出てすぐに結婚し、去年可愛らしい女の子が生まれた。今は育児休業中でずっと家にいる。

「もしもし。久しぶり、今だいじょうぶ？　晩ごはん、今日は買ってきてもらえるから支度しなくていいし』

『うん、ぜーんぜんだいじょうぶ。

「あ、そうなんだ。楽しみだね。陽茉莉《ひまり》ちゃんは元気？　相変わらず離乳食バクバク？」

陽菜と陽茉莉の元気な顔を思い浮かべると、思わず顔が緩んだ。

画像や動画を見せてもらったり、小さい子ならではの面白いエピソードを聞くと、自分もいつか子どもを持てたら良いなとすごく思ってしまう。

『めっちゃ元気。離乳食、すごい勢いで食べるよ。あずみはどう、もう慣れた？』

「うん、けっこう慣れてきたよ。今度遊びに来てね」

言いながら麦茶をごくりと飲んだ。

「ね、陽菜。和玖君て覚えてる？　中学の時の」

『覚えてるよ。同じ委員会で、途中でいなくなっちゃった子でしょ』

陽菜は当時のあずみと創太郎の関係をよく知っていたけれど、付き合ってた子でしょ、とは言わなかった。

この友人は無神経でざっくばらんなキャラを装っているけれど、その実《じつ》とても周りに気を遣う人間だということを、あずみは長い付き合いでよく知っている。

「そう、その子。こっちに来てからね、……再会しまして」

付き合っていることを言うのが気恥ずかしくて、敬語になってしまった。

『え‼　そうなの？　何その偶然、すごすぎない？　和玖君て今どんな感じ？　イケメン？　孤高の王子様みたいな子だったよね？』

孤高の王子様という表現が妙におかしくて吹き出しそうになる。

興奮して矢継ぎ早に言葉を繰り出す母親に興奮したのか、電話の向こうで陽茉莉が大きな声を出しているのが聞こえた。

その声の可愛らしさに胸がキュンとなる。

しぃっと陽菜が優しくあやしている気配を感じて、あずみは微笑ましい気持ちになった。

「うん、すごくかっこ良くなってた。というか、お付き合いすることになって」

『……まさかの復縁⁉　すごいね⁉　どういうこと⁉』

「いろいろ偶然が重なってね」

あずみは創太郎のおばあさんとの出会いから始まった創太郎との再会の経緯や、会社の社内恋愛に関する慣習についてを説明した。

陽菜はふむふむとあいづちを打ち、ときどき『ひゃ～』などと興奮した声を出した。

『中学の時もそうだったのにさ、またヒミツの関係にしなきゃいけないなんて大変だね』

「うん……正当な理由あっての転勤なら従うけど、社内恋愛だからって転勤にはなりたくない」

『あとはその北本さんだっけ？　怖いんだけど。私は仕事第一主義！　中身はおじさんなんです！　みたいなことを自分でバンバン言う人って、地雷臭がするんだよなぁ。和玖君とのことを匂わせてるのも変だし』

「やっぱりそう思う？」

『でも、和玖君は静観してるのかー。あずみのためにもきっぱり否定してくれたらとは思うけどね』

「うん……」

『まぁでも考えがあるって言うんならとりあえず待ってあげても良いんじゃない？　それか、どうしても気になるんならハニートラップしかけて聞き出してみれば？　色っぽい格好して、〝ねぇ、何を隠してるの？〟って』

「ちょ、ちょっと。なにそれ」

『付き合って、一緒に住んでるってことはもうそういう関係なんでしょ？　かわいくせまってみたら良いじゃん。お酒飲んでる時とか』

とんでもないことをさも簡単そうに言ったところで、陽菜は『うあっ⁉』と素っ頓狂な声を出した。

「どうしたの？　大丈夫？」

『ゴメン！　陽茉莉がコップのお茶、頭から被って、びしょ濡れになっちゃった！　後でかけ直しても良い？』

「ううん、チャットにしよう！　そろそろひまちゃんお風呂の時間だし、忙しいでしょ」

『了解！　ゴメンねー。それじゃ後でね！』

通話を終えると、外からの風にあおられて、あずみの前髪がふわふわとそよいだ。

いつもこの時間に吹く穏やかな山風とは違う、冷たさの混じった風だった。

しかも暗い。窓の外を見ると、黒っぽい雲が空にかかっていた。

今にも大粒の雨が「まず間違いなく」降ってきそうな、不穏な気配を感じる。

(そうだ！　洗濯物、取り込んでない)

家に着いたらすぐに水分を摂ったり換気をしなければいけないという、自らに課したルーティーンにとらわれ過ぎていて、すっかり忘れていた。

あずみは急いで外の干場に向かった。

既に外には濃い雨の匂いが漂っている。ステンレスの物干し竿に伸ばしたあずみの手の甲に、「ぽつぽつ」などという可愛らしい擬音で表現するには不釣り合いなほど大粒で、しかも冷たい水滴が当たったかと思うと、みるみるうちに勢いを増していった。

「ちょ、ちょっと待って！」

あずみ一人分の洗濯物ならすぐに済んだけれど、それぞれでやっていた洗濯をつい最近一緒にやるようになって量がある上に、今日はシーツもあったので、取り込むのに時間がかかった。

慌てていたせいでランドリーバッグを持たずに出て来てしまった自分を呪う。

両手に洗濯物を抱えながら右往左往していると、後ろから創太郎が走ってきた。

「大丈夫？　急に来たね」

彼の姿を見て、こんな時なのに胸がじわりとした。

今日は遅くなると言っていたけれど、予定が変わったのだろうか。慌てていて車の音に気がつかなかった。

あずみは頷いただけでおかえりの言葉を口にする余裕もなく、洗濯物を外すことに集中した。

創太郎がそれを受け取って、縁側の雨の当たらないところに置いてくれる。

全部を避難させてあずみと創太郎も庇《ひさし》の下に入り、二人でため息をついた。

「けっこう濡れちゃったから、洗い直した方がいいかな？　ごめん、取り込むの忘れてて」

「いや、この程度なら大丈夫だと思う。あとは乾燥機にお任せしよう」

あらためて外に目を向けると、気持ちが良いくらいのどしゃぶりだった。

白っぽい雨のしぶきが砂利の上に立っていて、とうに盛りを過ぎた紫陽花《あじさい》がゆらゆら揺れている。

突然の雨に慌てたらしい野鳥が、怒ったような声でぴいぴい鳴いているのがどこからか響いてきた。

彼の方を向くと、目が合った。

少しの間ぎこちなく見つめ合った後、創太郎が框《かまち》に手をついて、ぐっと体を近づけてくる。

（あ、キスするんだ……）

彼の頬や唇は濡れていて、触れ合うと冷たかった。

ちゅ、ちゅと合わせるように重ねられた後、下唇を甘噛みされ、上唇を吸われる。

「ん……」

時々、彼のキスは直接的な行為よりもよっぽど性的な意味があると感じることがある。

体の奥がじわりと疼いた。

「んん……」

あずみの声が漏れると、彼は長い指をあずみの耳の後ろから差し込んで頭をささえ、更に口づけを深くした。

もう片方の手はあずみの背中から腰を探るように動かされ、脇腹の横から侵入すると、一気に下着の中に入ってきて、お尻を撫でてから前に向かおうとする。

「や……！　だめ」

目的がわかって、あずみは彼の手首をぎゅっとつかんで止めた。

ここでは、誰か来客があったら見られてしまう。

どこか焦っているようにも思えた彼の手はぴたりと止まり、ゆるゆると体ごと離れていった。

「ごめん。濡れてるの見たら　興奮した」

「……」

大人になった彼はこういうあけすけなことを平気で、かつ真顔で言ってくるので、その都度あずみはぼっ‼　と顔から火が出る勢いで赤面してしまう。

あきらかにあずみのことをからかっている時もあるけれど、たいていの場合は世間話のようなさりげなさで口に出すのだ。

好きな人に求められることは嫌じゃないけれど、言葉にして言われるのはとにかく恥ずかしい。

「……今日、早かったんだね」

なんとなく気まずい空気になったのを何とかしたくて、話題を変えた。

「うん。先方がトラブったみたいで、打ち合わせがなくなったんだ」

「そうなんだ。あ、お腹すいてない？　早めにごはんにしようか」

提案すると、創太郎は少し考えて答えた。

「そうだね。でも先に風呂」

なぜかあずみの手首をつかんでくる。

「え、どうしたの」

「篠原さんも濡れてるから、一緒に暖まった方が良いかと思って」

当然のように言うと創太郎はあずみを立ち上がらせ、浴室へ引っ張っていく。

シャワーを浴びたばかりだし、とか、食事の準備が、という言い訳を口にしてささやかな抵抗を試みたけれど。

スイッチの入った彼にはもう、通用しなかった。

脱衣所で深いキスを繰り返した頃には、わずかな恥ずかしさは残るものの、彼と肌を合わせたいという気持ちになっていた。

彼にストレートな欲望を示されると、一度はどうしてか「待って」となってしまう。でもこうして彼に手を取られ、何度もキスをされると、抗えないどころか、もどかしい気持ちが下腹の奥で膨れ上がる。

あずみの素直になれない気持ちに、近頃の彼は気がついていると思う。

現に今も。

「っあぁ！」

お互いに衣服を身につけたまま、下着を少しずり下げただけで、彼は長い指をあずみの中に挿入した。

見透かされている。

あずみがすっかり「したくなっている」ことも、縁側で交わしたキスや愛撫で、すでにそこが潤っていることも。

「んんっ……」

脱衣所の壁に体を押し付けられ、密着しながら噛みつくようなキスを交わした。

「ふっ、ぅう……！」

挿入された指はあずみの弱い部分を確実に攻めてきて、喉から高い声が漏れてしまう。

漏れた声を飲み込もうとするかのように、彼が激しく唇が重ねてくる。歯と歯が軽くぶつかってから、舌が入ってきて絡み合った。

湿った音と、お互いの荒々しい息づかいがせまい室内に響いている。

ちゅ、ちゅ、とキスをしているうちに、下着がはぎとられ、片足が持ち上げられた。

「ん！　ふぅ、……っ」

いつの間にか避妊具をつけていた彼が、ぐうっ、と一気に奥まで挿入った。

「んーっ！　ぁ、」

逃げ場のないところに追い詰められるようにして、そのまま奥へ奥へと抽送が繰り返される。

「ぁ、んっ、んっ、」

先端は既に、いちばん奥に何度も何度も当たっている。

なのに、彼はなおその奥へと進もうとするかのように、ぐり、と腰をあずみの足の付け根へと押し付けた。

「んぅっ！　、んっ」

いつの間にか、壁に背を預けたまま体を持ち上げられている。

ずんずん下から突き上げられて、突き刺すような快感があずみの背すじに走った。

「あ……っ！　あぁ、っ、」

これまでとは違う荒々しい交わりに、気がどうにかなりそうだった。

でも、これが本当の彼なのだとも思う。

彼に抱きかかえられ、体をつなげたまま浴室へと移動する。

一度引き抜かれてから、壁に手をつくよう促された。

従うと、髪をかき分けて、首の後ろをちゅうっと吸われる。

「んっ……！」

「……挿れるよ」

後ろから彼が挿入ってきて、浴室内に肌のぶつかる音が大きく響いた。

「ふぅっ……、」

奥にごつごつ突き上げられ、快感を何度も繰り返し与えられる。

(そんなふうにされたら、だめ…！)

「や、まって、そうたろうく、ぁあっ！」

快感の先にあるものがあずみは怖かった。自分が自分ではなくなるような恐怖を感じてしまうのだ。

「……っ」

懇願しても、彼は容赦してくれなかった。

「は、ぁあっ……あ、」

むしろあずみの声に煽られたかのように、壁についたあずみの手を上から押さえつけるようにして、いっそう強く穿ってくる。

「い、ぁああ！」

それでもどうにか少しだけ、逃げる。

快感にその身を完全に貫かれてしまわないように、無我夢中で角度を変えて。

幸いそれはうまく行って、快感の高まりは訪れたけれど、小さく抑えることが出来た。

あずみはぎゅうっと唇を引き結んで、その瞬間を迎える。

「は、あ、ぁあ……！」

「ぅ……っ！」

果てて、くったりと力が抜けたあずみの体を、創太郎が優しく抱きかかえて膝に乗せた。それからボディソープと温かいシャワーで、丁寧に洗ってくれる。

「……ありがとう」

「どういたしまして」

体を支えられながら浴室を出ると、雨で冷えた空気が額や頬にひんやり触れて、意識がはっきりした。

ふぅ、と思わずため息が出る。

「大丈夫？　無理させたかな」

「ううん、無理なんてしてない」

彼が屈み、あずみの頭をタオルで拭きながら額にキスを落とした。

くすぐったくて、胸の中がふわりと温かい気持ちになる。

お互いの体を拭き合ってから、創太郎はあずみの体が冷えないようにと、体にタオルを巻いた上に、肩にもタオルをかけてくれた。

過保護だなぁと苦笑しながら廊下に出て、窓の外に目を向ける。雨はすっかり止んだようだった。

窓から風が入ってきて、カーテンをふわりと揺らす。肌に当たる風が気持ち良くて、あずみは少しの間目を閉じていた。

七章　これからのこと、託されたもの

「コンビニで何か飲み物買う？　アイスコーヒーとか」

前を向いて運転しながら、創太郎があずみに問いかけてくる。

「そうだね、寄っておこうか」

二人を乗せた車は市街地に向けて、水田や畑に囲まれた国道を走っていた。

空はすっきりと晴れていて気持ちが良く、窓を開けると蝉の鳴き声が響く。

家でのんびりする時間も大好きだけれど、こうやって天気の良い日にお出かけするのもとても楽しい。朝のうちに出発した夏のドライブは気分が高まった。

おばあさんには引っ越してすぐの時に電話をさせてもらったけれど、顔を合わせての挨拶が遅れてしまったため、あずみは申し訳ない気持ちだった。

そう思って昨日電話をかけると、「今の時代、出来ることは何でもリモートで良いのよ。若い人が気にしなさんな」と言われてしまった。

でも最後には「顔を見たい」と言ってくれたのが、あずみはとても嬉しい。

コンビニに立ち寄り、二人分のカフェラテを買うために冷凍ケースから氷の入ったカップを取り出してかごに入れる。

それと、創太郎が好きな緑茶と、自分用にアイスティーを買うことにした。

買うものが決まったら、同じ店内にいる創太郎の目をかいくぐるようにしてレジにさっさと持っていく。

のんびりしているといつも彼が支払いをしてしまうので、買い物の時は素早い行動を心がけなければならないのだ。

「俺が払いたくてやってるんだから、別に気を遣わなくて良いのに。でもありがとう」

車に戻ると創太郎は言った。

「いいの。ポイント貯めたいだけだから、気にしないで」

「俺だってマイルが貯まるよ。一緒に旅行行きたくないの」

「それは……すごく、行きたいです」

あずみが答えると、創太郎がくすりと笑う。

「まぁ、マイルがなくたって行くつもりだけど」

「え、ホント？　どこに行くとか決めてるの？」

「二人で決めたいから、まだ決めてない。どこに行きたいか、考えておいてね」

そんな楽しいことをさらりと言ってくれる。

前職がまとまった休みを取りにくかったので、旅行にはしばらく行っていなかった。今の会社はお盆の夏季休暇や年末年始が長い連休になるように取り計らってくれるようだし、多少ハイシーズンで金額は高くなっても、ゆっくりどこかに行ってみたいと思っていたところだった。

「なんか今日はずっとにこにこしてるね？　やっぱり天気が良いから？」

「え、なんで天気？」

「天気の良い日はだいたい篠原さんご機嫌だよ。鼻歌歌ってる時もあるし」

「ウソ‼　仕事中に？」

そうだとしたら恥ずかし過ぎて、もはや辛い。

赤くなったり青くなったり忙しいあずみを横目でちらりと見て、創太郎が笑った。

「いや、仕事中はやってないから大丈夫。キリっとしててかっこいいよ。朝とか、夕食前とか、家にいる時に歌ってることが多いかな」

「そうなんだ……気をつけよう」

「なんで？　可愛いから気にしなくていいのに」

景色を眺めつつそんな会話をしていたら、市街地に入るのはあっという間だった。

バイパスを抜けると一気に背の高い建物が多くなって、繁華街が見えてくる。

目星をつけておいたパティスリーでオーソドックスないちごのケーキや、桃やアップルマンゴーがどっさり載った夏らしいタルトをいくつか購入し、保冷剤を多めにつけてもらった。

「ここだよ、新しいおばあちゃんち」

「わ、すごくお洒落だね」

その高齢者住宅は正面から見た感じ、和モダンのテイストを取り入れたお洒落なホテルといった印象だった。

ガラス張りのエントランスにのれんがかかっていて、奥には和紙で作られたまるい間接照明が吊るされ、温かみのある光が灯《とも》っているのが見えた。

「お久しぶりね、電話では話したけど」

ラウンジスペースに入ると、創太郎のおばあさんが出迎えてくれた。

あずみが会った時よりも明らかに若々しく、綺麗になっている。

「こんにちは。お元気そうですね」

「そうね。毎日お友達とサークルに参加したり忙しくしてたらすっかり若返っちゃって」

おばあさんはおほほ、と上品に笑ったかと思うと、あずみと創太郎から少し距離を取って二人を色んな角度から観察してきた。

「なに？」

創太郎が怪訝そうに言う。

「いえ、老眼だけど私の目に狂いはなかったと思って。眼福だわぁ」

おばあさんの言っていることはあずみにはわからなかったけれど、孫である創太郎はその意味を理解したらしく、呆れたようにため息をついた。

「何言ってるんだよ……」

「ひ孫が楽しみだわぁ。どっちに似ても可愛いはずだし、今から子役事務所探しといた方が良いんじゃない？　早い子は首のすわらないうちから朝ドラなんかでデビューするみたいだから、ヒロインの産んだ子供役で。なるべく早くお願いね。あ、なる早って言うんだったかしら、あなたたちの世代は？」

「ちょっと、暴走やめて。落ち着いて。篠原さんが引いてるから」

創太郎とおばあさんのやり取りを見ていると笑ってしまう。

引いてはいないけれど、おばあさんから楽しげな言葉がポンポン出てくるのが面白いやらついていけないやらで、話に入れないのは確かだ。

初めて会った時には上品ながらも明るい人だと思ったのが、更にパワーが増している。

「篠原さん、ケーキ買ってきてくれたんだよ。部屋でお茶でも飲ませてよ」

「あらっ。気を遣わせてごめんなさいね、ありがとう。じゃあ行きましょうか」

孫がお茶を飲ませて欲しいと言ったのが効いたのか、おばあさんはそそくさと歩き出した。

あずみの祖母も孫であるあずみに食べさせることに喜びを感じるタイプの人なので、「おばあちゃん」というのはだいたいそういう生き物なのかもしれない。

エレベーターを待っていると、上階から降りてきたエレベーターからスタッフらしいトレーニングウェア姿の若い女性が出てきた。

細いながらしっかり筋肉があり、背筋のぴしっと伸びた健康的な体つきだ。

あずみ達に気がつくと「こんにちは」と言い、颯爽《さっそう》と歩き去って行った。

居室の並ぶフロアもまるでホテルのような設《しつら》えだった。カラオケか何かをやっているのか、どこからか昭和歌謡のイントロのような音楽が聞こえてくる。

「はいどうぞ」

「お邪魔します……」

ワンルームの部屋の中はそんなに広くないけれど、綺麗に片付けられていておばあさんの趣味の良さが際立った。

奥にあるベッドの、色鮮やかなキルトのカバーが可愛らしい。脇にはサイドテーブルがあって、栞を挟んだ大判の本と、チェーン付きのべっ甲フレームの老眼鏡が置かれている。

「高齢者用に文字が大きく印刷された本なの。ライブラリーから借りてきたら面白くて、おかげで寝不足よ」

「楽しむのは良いけど、体調管理はしっかりね。この後ケーキ食べたら運動もした方が良いんじゃない」

創太郎が釘を刺すと、おばあさんが反論した。

「運動なら毎日やってるわよ。さっきエレベーターの前で会ったトレーナーの女の子にしごかれて大変なんだから。本気よ、あの子は。容赦がないのよ」

しごかれているおばあさんを想像すると笑ってしまう。創太郎を見ると、彼も笑顔になっていた。

あずみに見せるのとはまた少し違う、親愛にちょっぴりの呆れを混ぜたような表情だ。

（か……かわいい。こんな顔もするんだな……）

そんなことを考えて胸をときめかせている時、おばあさんはそれを見て悪い顔でニヤニヤとしていたのだけれど、全くあずみは気がつかなかった。

「あずみさん、あの家には慣れた？　古い家だから使いにくい部分もあるでしょう」

「いえ、使いにくいなんて思いません。とても居心地の良いお家で、毎日楽しいです」

おばあさんはにっこりした。

「あらそう？　家と同じで調理器具なんかも古いものばかりだから、申し訳なく思っていたのよ」

「いえそんな。ガスの炊飯器で炊くお米は美味しいし、鉄のフライパンは今まで使ったことがなかったんですけど、お肉も野菜も早く焼けて美味しいからびっくりしました」

「そうそう、鉄のフライパンって、また違った良さがあるでしょう」

「はい。農家さんから美味しいお野菜もいただけるし、食べ過ぎて少し太ったかもしれません」

あずみがそう言うと、それまで二人の会話を黙って聞いていた創太郎が表情を変えずにぴくりと動いた。

（……？　何か変なこと言ったかな）

それを見て、なぜかおばあさんの笑みが深くなる。

「ちっとも太ってないから大丈夫よ。ねぇ、創太郎？」

「え、俺に聞かれてもわかんないよ」

その後も楽しい会話が続いた。

おばあさんは意外とSっ気があるというか、終始創太郎のことをからかったり、創太郎がやり返すととぼけたりしていて、二人のやり取りを見ているだけで楽しくなる。

「あらやだ、もうこんな時間。ケーキ食べてお茶飲んだら、もう行きなさい」

「まだ十一時だよ」

「こっちも昼食があるから忙しいのよ。エアコンが効いて寒いくらいだから、温かい飲み物が良いわね」

おばあさんは立ち上がって簡易キッチンの戸棚を探ると、やや大きな声で言った。

「あらっ！　お紅茶切らしてたんだったわ」

大仰な素振りで、くるりと創太郎を振り返って言う。

「創太郎、下の売店で買ってきて。ティーバッグので良いから」

「コーヒーじゃダメなの。今パッケージが見えたけど」

「昼前のすきっ腹にコーヒーなんて飲んだら胃が荒れちゃうでしょ。牛乳もないし」

「……わかったよ。紅茶と、あとは牛乳？」

「それで良いわ。お願いね。これお金。おつりでごはんでも食べなさい」

そう言っておばあさんはフランスの老舗ハイブランドの長財布から、福沢諭吉がプリントされたお札をさらりと取り出し、創太郎にぐいぐい押し付けた。

「いや多いよ。ていうかそれくらい出すから良いのに」

「いいから、とっときなさい。ごめんねぇ、あずみさんの前で下品なやり取りしちゃって」

創太郎はしぶしぶお札を受け取り、部屋を出ていった。

（お金、受け取ってたけど後でさりげなく返すんだろうな。創太郎君のことだから）

あずみとおばあさんの二人になった。にわかに部屋の中が静かになって、少し落ち着かない気持ちになる。

「創太郎とは、お付き合いしてるの？」

「え！」

いきなり聞かれて、動揺した声を出してしまった。

「隠さなくても大丈夫。そうなったら素敵っていうか、なんならそうなって欲しいと思っていたしね」

おばあさんはそう言って穏やかに笑い、窓の外を見つめた。

「聞いているかもしれないけれど、あの子の母親は少し難しい人でね。私の息子と結婚していたわけだけれど、息子にはあの人を受け止められるような包容力が足りなかったのよね。うまくいかなかったの」

創太郎の母親のことは、こちらに引っ越してきたばかりの時に本人から少し聞いただけだった。

創太郎の進路も、感情も、すべてをコントロールしようとした人だったという。

「創太郎が生まれてからは持ち直すかと思っていたんだけれど、そう簡単にはいかなかった。今でいうネグレクトみたいな育て方をしたり、その反動なのか逆に固執してみたり」

心の底にしまっておいた過去の記憶をゆっくりと、少しずつ言葉に置き換えていくような話し方だった。

「今はどうか知らないけれど、本が好きなのはその時の影響ね。放っておかれた時も、干渉され過ぎた時も、本があの子の逃げ場所だったの。うまくお友達も作れなかったみたいだしね」

幼い彼が部屋の隅でぽつんと座って、本を抱えているのが目に浮かぶ。

今なにか言葉を発したら、こらえている涙が流れてしまいそうで、あずみはあいづちを打てなかった。

「あの子が中学生の時にね」

肩がぴくりと反応する。中学生の時というと、二人が付き合っていた頃の。

「あの子の母親が、急に創太郎を転校させたの。受験生で、年齢的にもいちばん多感な頃でしょう。結局それでいろいろ揉《も》めて、離婚ね。創太郎にはつらい時期だったと思うわ」

創太郎のお母さんは『私はこんなに一生懸命やっているのに、批判されるんならもうけっこうです』とあっさり親権を譲って、それ以来創太郎はお母さんに会っていないらしい。

そこまで話し、おばあさんはあずみを見て微笑んだ。

「私があなたをあの家に住まわせたかったのはね、人を見る目というか、直感に自信があったからよ」

「え、どういうことですか」

「創太郎の中には私みたいな肉親では埋められない空っぽの部分があって、それを埋められる人が現れたと思ったの」

ずいぶんと、抽象的な言い方をする。

あずみはどう返したら良いかわからず、おばあさんもそれ以上の説明をしなかった。

「あの、私……」

おばあさんの言葉の意味を理解したいと、問いを投げかけようとした時だった。

ドアがノックされ、返事を待たずにがちゃりと開く。

創太郎が帰ってきた。

「買ってきたよ、紅茶」

「あら、ありがとう」

おばあさんは白いホーローのケトルでお湯を沸かし、ケーキとタルトを銘々皿《めいめいざら》に取り分けてくれた。

「私は後でいただくわ。買ってきてくれてありがとう」

「また、買ってきますね」

その後もたくさんおしゃべりをして、部屋の外から昼食を配膳する準備の音が聞こえ始めたころ、あずみと創太郎は部屋を後にした。

　創太郎は一足先に車を出しに行き、エントランスまで見送りに来てくれたおばあさんはゆるゆるとあずみに手を振った。

「今日はありがとう」

「また遊びに来ます」

「創太郎のこと、よろしくね。そばにいてくれるだけでいいの」

　あずみの目を穏やかに見つめながら言う。

　そのまなざしに込められているのは、信頼の感情だった。


　並木通りに出ると、むせかえるような夏の熱気に包まれた。

　あずみは横付けされた車に避難するように乗り込み、シートベルトを着ける。

「はー、楽しかった。また来たいね。おばあさんのお友達にもお会いしてみたいし」

「そうなったらいよいよ俺は話についていけなくなりそう」

　あずみは想像して、ぷっと吹き出しそうになった。かしましいおばあさん方に圧倒される彼は、ちょっと見てみたい。

　ケーキを食べたばかりなのでランチはパスして帰り、早めに晩ごはんを食べようということになった。

予報を確認すると午後からも天気が良いことがわかって、庭でささやかにバーベキューでもしようかと創太郎が提案してくれたので、あずみは目を輝かせた。

百貨店の地下にある食品街で普段よりも良いお肉や、国産の牛たん、他にはきのこ類、チーズなどを買った。

「本当に他に寄らなくて大丈夫？　服とか靴とか見たいんじゃないの」

久しぶりに街中に出てきたあずみを創太郎が気遣ってくれる。

「今シーズンは夏服もうけっこう買ったから、今日はやめとこうかな。創太郎君は良いの？」

「俺も今日は良いかな」

創太郎の私服はいつも品が良くシンプルなのに、いわゆるこなれ感もあるコーデだった。今日はワッフル素材のカットソーに、クロップド丈の細身のパンツを合わせている。

「じゃあもう帰ろうか。俺、炭火熾《おこ》すの久しぶりだし時間かかりそうだから、着火剤も買わないと」

両手に紙袋を下げた彼が珍しく自信なさげに言う。あずみは張り切って「手伝うよ」と言い、二人で駐車場へ向かった。

楽しい予定を控えて笑い合う自分たちをじっと見つめる人がいたことには、あずみも創太郎も全く気がつかなかった。

「蚊が多いから、こまめに虫よけしたほうがいいよ」

そう言って創太郎は虫よけスプレーをあずみの体にかけてくれた。

バーベキューコンロと屋外用チェアを二脚用意して炭火を熾し、食材をテーブルに並べたころには、少し日が傾いてきていた。

まずは良く冷やしたサラダとチーズで乾杯して、その後は焦がさないように気をつけながら、お肉や野菜、きのこを焼く。

やはり最初は火力が強くなってしまいがちで、網に載せた食材から目が離せない。

横では創太郎が小さいスキレットにオリーブオイルとにんにく、鷹《たか》の爪、きのこ類、むきエビを入れてアヒージョを作ってくれた。

「美味しそう！　アヒージョ好き」

「バゲット買ってくるの忘れた……」

創太郎が残念そうに言う。たしかにオイルのしみたバゲットは美味しい。

「オイルが余ったら明日パスタにしよう。野菜もたくさん入れて」

そう言ってあずみはおにぎりを頬張る。何を食べても飲んでもとても美味しくて、会話も弾んだ。創太郎もいつもよりたくさん笑っている。

涼しくなったら二人でキャンプにも行きたいねという話になり、創太郎が淡々と言う。

「テントだと声とか音とか気を遣うな……とにかくゴムを忘れないようにして、すぐ取り出せるようにしておかないと」

「ちょっと、何言ってるのかわからないです……」

二人ともほろ酔いで後片付けをした後、創太郎があずみの手首に虫刺されを見つけた。濃い桃色の小さな腫れを見て『虫め……』と毒づく彼が可愛らしかった。

そのまま手を引かれて一緒にシャワーに入る。当然のようにキスが始まって、かなりきわどいところまで行ったけれど、髪を乾かしてから寝たいのと、近くに避妊具もないので何とか思いとどまってもらった。

それにしても、今日は風の少ない熱帯夜で、シャワーを浴びたばかりなのにもう汗をかいている。

ハンディタイプの扇風機で涼しい風を受けながら歯みがきをして自室に戻ろうとすると、彼の腕に引かれて部屋に連れ込まれてしまった。


カーテン越しの日差しを感じて、寝坊したかと一瞬どきりとした。

今日は日曜だったと思い直し、創太郎が目を開けると、目の前には彼女の清らかな寝顔があった。

すうすうと可愛らしい寝息を立てて、よく眠っている。

長いまつ毛やぴったりと閉じられた唇を見ていると、この上なく心が和んだが、直後に彼女が何も身につけておらず、首筋から胸元まで滑らかな肌を露出させていることに気がつくと、激しい渇きのような欲望が押し寄せて、下腹が疼いた。

せっかく寝ているのを起こしてまでするのはどうなのかという良識と、少しちょっかいを出してみて、あまり嫌ではなさそうなら進んでしまえというやましい考えが頭の中をよぎる。

よこしまな視線を感じ取ったのか、彼女のまつ毛がわずかに震えてどきりとした。

少し緊張しながら見守っていたけれど、目が覚めたわけではなかったようで安心する。

結局、創太郎は彼女の健やかな眠りを尊重することにした。

彼女と引き離された後、高校から学生時代の後半まで、言い寄ってくる女たちとやけくそのように体の関係を持っていた時期がある。

そうすれば彼女を忘れることが出来るかもしれないと思ったし、もしかしたら中には彼女のような女がいて、彼女が近くにいた時に満たされていたものがまた戻ってくるかもしれないという気がしたからだ。

それがある日、全く興味がなくなった。

誰と付き合っても、彼女といた時のような気持ちにはならないとわかったから。

相手に対しての感情がなく、この先も気持ちは芽生えないとわかりきっているのに、関係を持ってはいけないと悟った。

その頃にはもう誰も彼女の代わりには成りえないし、満たせるはずもないと気がついていた。

今度は結ばれることが出来たのだから、今度は何を犠牲にしてでも彼女を守り慈しみ、大事にしなければ。

もう誰かに壊されるのはごめんだった。次に壊されたら、自分はもう立ち直れない気がする。

だから、壊されないように守る。

壊そうと近づいてくるものを壊す。

ただ、それだけのこと。


よく晴れて夏らしい一日になったその日の午後、北本梨央《りお》はここ数年で一番機嫌が悪かった。

理由はいくつかある。

一つは、どれだけ手を尽くしても会社の同期の一人が梨央に興味を示さないこと。

同期の和玖創太郎は特別な男だった。

顔の作りが良い男は世の中にたくさんいるが、彼は繊細さを感じさせる端正な顔立ちに加えて、しなやかな体つきが魅力的だった。

会社の飲み会の席で、彼にさりげなく顔や体を寄せながら身長や服のサイズを聞き出したことがある。

身長は１８０センチちょうど。服はものによるがワイシャツであればＭ88というサイズらしい。

Ｍ88は一般的な紳士服店では置いてある数が少なく、あまりデザインを選べないのが悩みだと漏らしていて、可愛らしいな、と思った。

アパレルの仕事をしている友人に聞いたら、そのサイズはメンズモデルに多いサイズだと言っていて、やはり彼は特別にグレードの高い男なのだと確信し、梨央の想いはいよいよ増した。

友人は『サークルクラッシャーは卒業するの？』と梨央のことをからかった。

学生時代から、彼女のいるいないにかかわらずたくさんの男たちを落としたり振ったりしていたので、たしかにそう呼ばれてもおかしくはない。

だが、それは梨央が魅力的な女性だったからそうなったのだ。揶揄《やゆ》されるのは面白くなかった。

友人の当時の彼氏が梨央のことを好きになってしまったのをいまだに根に持っているのだろうか。

だとしたらしつこい。

別にたいした男じゃなかったし、そんなに気にすることじゃないだろうが、と梨央は思う。

いや、そこはやはり女特有の嫉妬の感情なのだろう。

縁故入社した先で和玖創太郎に出会い、とうとうゴールを見つけたと当初梨央は思っていた。

研修の時から、無邪気を装って何度も彼に話しかけた。

その後も社内で彼を見かけた時は子犬みたいに駆け寄って目を潤ませたし、当時彼が所属していた部署が飲み会をした時には、関係ないのに参加した。

その時は酔いに乗じて膝に手を置いたり、顔を近づけたりしたのに、彼はずっと淡々としていて、かつての男たちのように顔を赤らめたりソワソワしたりしてくれなかった。

服のコーディネート、化粧はもちろん、ネイルもヘアアレンジも、時には就業時間に間に合わないぐらい日々頑張っているのに、彼は全く興味を示さない。

ぽっと出の女に取られるのは絶対に絶対に嫌だったので、新しく女性社員や派遣社員が来る時はさりげなくメールを送った。

和玖創太郎と自分は、付き合っているということにしておく。

統括部長の方針で、社内恋愛が露見したら片方を遠方に転勤させるらしいという噂については もちろん知っていたが、気にも留めていなかった。

なぜなら、梨央の実家はヤマノ化成が創業した時からの大口の取引先で、創業者は現役を退いてはいるものの、梨央の祖父と懇意なのだ。

万が一にもそんな人事があれば、内示された日のうちにでももみ消せる自信があった。

だから何も問題はない。

問題はないのに、彼の気持ちだけがこちらに向いてくれない。

昨年の秋からは一緒のチームになって、これはもう運命だとしか思えなかったのに、理由がわからない。

グラスに入った水出しのローズヒップティーを口に含む。

このお茶の味は別に好きではないけれど、SNSにパッケージの画像を載せて「なにこれ、至高の味。もっと早く出会いたかった……！」みたいなことをコメントすれば、フォロワーの男たちが好意的な反応を示してくれる。

梨央はSNSのプロフィールではOLを隠れ蓑にしたフリーのモデルを自称していた。

うまく盛れた自撮り画像を載せて、「＃カメラマンさんと繋がりたい」とハッシュタグをつければ、まれにだがアマチュアカメラマンから撮影依頼が入る。

自分はそういう、特別な女なのに。

そうだ、モデル活動のことを彼に匂わせればもう少し自分に興味を持ってくれるかもしれない。

副業でモデルの仕事もこなす恋人というのは、彼にとってもステータスになるはずだ。

そのためにはもっと自分を磨かなくてはと考え、スマートフォンで美容系のキュレーションアプリを見ていると、会社の男性社員からメッセージが入った。

『聞きたいことがあるんだけどさ』

この男は外見がまったく好みではなかったので、気やすい友達のように接しながら、告白まではしてこない程度のほのかな恋愛感情を梨央に抱くように仕向けてきた。

メッセージアプリのＩＤは交換したけれど、あまり勘違いされても面倒なのでこれまで積極的にやりとりはしないようにしてきたのに、いったい何の用件だろう。

今彼氏はいるのかとか、一緒に今度食事に行こうとかそういうお決まりの流れだろうか？

そう推測すると、少しは気分が晴れた。

そうそう、こういう感じ。

口元が緩む。

男なんてやっぱり簡単だ。可愛い子が可愛い素振りをしておけばこうやって食いついてくるんだから。

つれない内容のリプライを送って自尊心を満たす足しにでもしようと、メッセージをタップする。

『聞きたいことがあるんだけどさ』

『北ちゃんのチームに新しく篠原さんって入ってきたでしょ？　北ちゃんのことだからす

ぐ仲良くなったと思うけど』

『その子、彼氏とかいそうな感じ？』

一瞬胸が詰まったようになって、息が出来なかった。

篠原あずみの交際相手の有無について会社の男たちから聞かれるのは、実はこれが初めてではない。

そしてそれこそが梨央を不機嫌にしているもう一つの原因だった。

あの女の登場によって、会社での梨央の立ち位置が揺らいでいる気がする。

今まで梨央はあの会社の中で一番きれいで可愛らしく、だけど中身は意外と男っぽいところもあり、それに何より真面目で仕事熱心な、みんなに愛されるキャラクターだったのに。

そうあることが出来るよう、梨央は自分がやるまでもない仕事はパートに回して、頻繁に席を立っては他部署の社員たちと交流してきた。

だから、自分は努力の人だ。

それなのに、最近は皆が篠原あずみに注目している気がする。

彼女が創太郎と話している時の様子も気に食わない。

さりげなくはにかんだり恥じらったりして、可愛い自分を演出しているのだ。

そういうの、同性には丸わかりですよー、と教えたいくらいのわかりやすさだった。

梨央が送った牽制のメッセージに何も返信してこなかったような女なので、本性はしたたかで生意気なはずなのに、そこはうまく隠しているように見える。

そして、篠原あずみと話す彼の表情がどことなく穏やかに見えるのもこの上なく梨央を嫌な気持ちにさせた。

ため息をつき、リプライの内容を考える。

『お疲れ様です！　篠原さん、良い子だと思うんですけど、今は私たち女子よりうちのリーダーと話す方が多くて、正直まだ仲良くなれてないんです……。近々女子会でもして親交深めますねー』と返し、『ではでは』と締めくくるスタンプを添えた。

こう返せば、篠原あずみは同僚の女性よりもイケメンと仲良くしようとする女だというイメージを持たせることが出来るだろう。

話をすぐに終わらせたのは単に面倒だからだが、先輩は「いくらビッチとはいえ同僚の悪口を言いたくないから話を濁した性格の良い女」という印象を梨央に持つはずだ。

少しは溜飲が下がったので、再度美容のアプリを開く。するとまたメッセージが届いた。せっかくの休日に今度はなんだ、といらいらする。

差出人は同じチームの上杉だった。

隣の席だから話す機会が多いが、猜疑心《さいぎしん》が強く他人の悪口や不幸の話が大好きで、自分は仕事が出来ると思い込んでいる痛い人間だ。

トーク画面を開くと、画像も送られてきた。

『お疲れ様。いまデパートの駐車場にいるんだけど……これ、和玖君と篠原さん』

メッセージ画面を見た瞬間、背中に嫌な汗が流れた。

画像は暗く、サムネイルではわからなかったのでタップして拡大し、目をこらす。

立体駐車場のようなところで、一緒に歩いている若い男女の画像だった。

背格好は確かにあの二人に見える。肝心の顔がよく見えなかったので拡大した。

慌てて撮ったのか画像が荒く、今一つはっきりしない。

「無能か。ピントが合ってないんだよ」

（あいつ、いつの間に彼と）

画像では判別がつかなかったが、いくら無能の上杉でもあの二人を見間違えることはないだろうと梨央は結論づけた。

どう行動するのが良いのかは、既にわかっている。

社内恋愛はご法度で、ばれたら転勤。

くだらないとしか思っていなかった勤め先の慣習が、今回は味方をしてくれそうだった。

八章　おはようとおやすみの間のこと

朝の空気を感じて目が覚めると、目の前に彼の端正な寝顔があった。

形の良い薄めの唇をぴったりと閉じ、すうすうと健やかな寝息を立ててよく眠っている。

あずみはそれを少しの間、ぼうっとながめた。

意識がはっきりするにつれ、そろそろ起きなければという気持ちになる。

この後シャワーを浴びたら朝食に何を食べたら良いのか、彼の寝顔を見ながら考えた。

また野菜をいただいたので、美味しいうちに食べてしまいたい。

ベーコンと一緒にコンソメで煮て、スープがやはり手軽で良いかもしれない。昨日のアヒージョのオイルは野菜たっぷりのペペロンチーノにしよう。あとはサラダがあれば良い。

スマートフォンを確認すると、やはりそろそろ起きた方が良さそうな時間だった。でもあと少しだけ、彼の寝顔を見ていたいとも思う。

とりあえず今から五分経ったら起き上がることにして寝顔を見つめていると、彼の目が開いた。

寝起きなせいか、いつもは奥二重に近いまぶたがくっきりぱっちりの二重になっていて、まっすぐにこちらを見つめている。

（か、かわいい……）

「……おはよう」

かすれ気味の声で創太郎が言う。

胸の奥をじわりとさせながら、あずみも返した。

「おはよう」

「……どうしたの」

あずみが自分の顔を凝視していたのが気になったのか、創太郎が怪訝そうに聞いてきた。

「いえ、ちょっと……可愛いなと思いまして」

「なにそれ……」

「その通りの意味です」

そう言うと、可愛いという形容詞を使われたのが気に食わなかったのか、創太郎はきゅっと眉間にしわを寄せ起き上がった。

「え、なに……」

怯んだあずみの体から、素肌に被っていた無地のタオルケットをはがしにかかる。

「ちょ!?　ちょっと待って……！」

抵抗もむなしく、容赦のない彼にあっという間に生まれたままの姿に剝かれてしまった。

カーテンは閉めたままだけれど、部屋の中は十分に明るいのに。

あずみは慌てて、前を隠すようにして彼に背中を向けた。するとそこに、

「ひゃ⁉」

創太郎があずみの背中に覆いかぶさってきたので、驚いて声が出た。

「あ、」

耳たぶに唇が触れたのを感じ、肩がぴくりと震えてしまう。

「そんな必死に隠さなくても。もう何十回も見てるんだから、どんな体つきだったかなんて目に焼き付いてるよ」

低い声には熱っぽさを感じた。

あずみは嫌な予感をおぼえ、急に思いついた風を装って「あ、朝ごはんそろそろ作るね」と明るい声で言い、彼の下から脱出しようと試みた。

……がっちり固定されて、抜け出せない。

（というか、私も学習しなさ過ぎ……）

朝彼よりも早く目が覚めて、幸せをかみしめたり寝顔を眺めたりしているうちに彼が起きてしまい、襲われるというパターンはもう何度も経験しているのに。

もはや休日の朝のルーティーン化しつつあるが、朝からそういう行為をするのは、未だになんともいえない罪悪感がある。

それでもそんな気持ちを感じていたのは最初だけで、すぐにあずみは嵐のような営みの中に飲み込まれた。

結局、二人が起きたのはずいぶん日が高くなってからだった。

昼過ぎまでは二人とも予定がなかったので、縁側に座ってラジオを聴きながらスイカをかじって、のんびり過ごした。

その後は神社で行われる町内会の夏祭りに行く予定だ。

スイカは昨日家に帰ってきたら玄関先に段ボールが四つ置いてあって、誰かがおすそ分けしてくれたらしかった。

こんな風に近隣の誰かが野菜や果物を無言で玄関に置いてくれるのは、こちらではよくあることなのだという。傘地蔵みたいで感動する。

今回のスイカは二軒向こうの農家さん（といってもけっこう遠い）が毎年くれるものらしい。

二人で食べきれるかと心配するくらいの量だったけれど、スイカは包丁を入れずそのままの状態ならけっこう日持ちするということで、とりあえずは慌てなくて済んだ。

箸の先を使ってスイカの種を取りながら、創太郎はヤマノ化成でも秋にお祭りがあることを教えてくれた。

「秋まつり？　あ、会社のウェブサイトで見た記憶が」

「そう。毎年十月の第二週の土曜日に会社の敷地内で、地域の人向けにね。普通のお祭りの屋台より食べ物をかなり安く出すからけっこうたくさん人が来るよ」

「へえ。自社製品を地域還元価格でご提供！　みたいなコーナーもあったりする？」

「うーん。それをうちの会社がやると、生分解性プラスチックの販売とかになっちゃうから、一般の人にはあまりウケないかもね。出すのは定番の焼きそばとかたこ焼きとか、抽選だとか、あとはカラオケもあるよ」

　秋まつりの準備は九月から始まるらしい。

「各部署から何人か実行委員を選出するんだけど、もしかしたら篠原さんに話が来るかもしれない。会社としては研修の一環でやってるから、経験してない人優先なんだ」

「そうなんだ？　お役に立てるかわからないけど、やるからには頑張らなきゃね」

「着ぐるみの役もあるよ。昔、会社のイメージキャラクターだったヤマノぼうやの」

「何それ！　やりたい……！」

あずみが思わず目を輝かせると、創太郎は「言うと思った」と笑った。

「俺も入社一年目にやりたくて志願したけど、外されたな。背が高いと怖すぎるって」

そこはかとなく無念そうな表情で言うものだから、あずみはくすりと笑ってしまった。

大人になった創太郎は外見から受ける印象がクールなのもあって、着ぐるみを着たがるようには全く見えない。

けれど、よくよく思い出してみれば中学生の時の彼は意外と好奇心旺盛なところのある少年だった。

「着ぐるみ、私もやったことないけど楽しそうだよね。ちびっ子がたくさん群がりそうで」

「うん。俺ずっと一人っ子で弟とか妹が欲しかったから、子ども見てると楽しくなる」

「じゃあもし私が着ぐるみに入れたら、創太郎君のところにたくさん子ども連れてくるね」

あずみがそう言うと、創太郎は一瞬驚いた顔になった後、「楽しみにしてる」と笑った。

そういえば、とあずみは思い出す。

「町内会の人たちって、私のこと何て聞いてるのかな……？　変な風に思われたりしない？　大丈夫？」

『和玖さんのお孫さんのところに変な女が押しかけてきて住み着いてるらしい』だとか、『さすが色男は違うね』とか、『若い人はいいね。いよっ！　ひゅーひゅー』みたいなことを言われていたらと想像すると、いたたまれない気持ちになる。

「あー……それね、」

「え、なに」

創太郎が言いにくそうにするので、あずみは不安になった。

「ごめん、先に謝る。おばあちゃんが適当に話を盛って、『学生時代に付き合ってた創太郎の彼女が、ついにこっちに来てくれることになったからみなさんよろしくお願いします』って勝手に広めてて……だから今日会ったら冷やかされたりするかも」

「えぇっ？」

びっくりして声が裏返ってしまった。

察するに、おばあさんが高齢者住宅に入居する前、つまりあずみがこちらに引っ越してくる前からそう紹介していたということだ。

なんと気の早い……というか、二人が付き合わなかったらどうするつもりだったのだろう。

いやでも、自分たちは中学生のころお付き合いをしていたから、一番最初に「中」をつければ全くのウソでもないような。

創太郎が「ホントごめん……」とうなだれる。

「そ……そうなんだ？　でも、その後きちんとお付き合いすることになったから、いいんじゃない？」

昨日おばあさんと話している時にも感じたけれど、自分はすごく気に入ってもらっているのかも知れない。

そう考えると、胸が温かくなった。


せっかくなので、お祭りには二人とも浴衣を着ていくことにした。

浴衣を着るのは何年ぶりだろう。高校生の時に祖母が買ってくれた、白地に金魚と水の波紋の柄の入った浴衣と、桃色の斑点を散らした淡い黒地の帯、肌着や帯板など、着付けに必要な道具は、幸《さいわ》いにもこちらへ持ってきていた。

スマートフォンで着付け動画を何回も再生して、なんとか自分一人でもそれらしく着ることが出来たものの、おはしょりと帯が綺麗に出来なくて焦っているうちに、ずいぶん汗をかいてしまった。

社会人になるまでに浴衣くらい着られるようになっておけば良かった、と後悔しながら、ゆずの香りのするデオドラントシートを使い、襟元や袖口から手の入る範囲を拭いた。

鏡台の前に座り、衿を整えて、髪の毛をギブソンタックの形にセットする。髪飾りがなかったので少し寂しげではあるけれど、とりあえずはこれで完成だ。

「変ではない、はず……」

よし、とあずみはつぶやいた。

それにしても、自分は今、久しぶりに緊張している。

胸に手を当てて深呼吸をし、少しでも気持ちを落ち着かせようとしてはいるものの、そわそわした気分はどうにもならなかった。

彼の浴衣姿を見られるのはとても楽しみだけれど、自分の浴衣姿を見られるのが、とんでもなく恥ずかしい。

ついでに言えば、あずみのことを既に創太郎の結婚相手として認識しているらしいご近所の人たちのことも、顔を合わせたらなんと言われるかを想像すると緊張してしまう。

ハンカチとティッシュ、スマートフォン、ミニ財布を籠巾着に入れて、あずみはリビングに向かった。

ソファに背筋を伸ばして座っていると、「お待たせ」と創太郎が入ってきた。

濃い藍色に薄く縞模様の入った浴衣に、男性のシンプルな帯を締めた姿の彼を見て、あずみは小さくため息をついた。

控えめに言っても「素晴らしい」という感想しか出てこない。

自分なんかが隣を歩いても大丈夫なのだろうかと思ってしまうくらいだった。

細身で背が高く、肩幅もしっかりある彼は何を着ても本当によく似合う。

そんなことを考えながら彼の姿をぼうっと見つめていると、彼があずみのことを観察するかのような目つきで見ていることに気がついて、あずみは焦った。

「な、なにか変、かな」

「……おはしょり、ちょっと膨らんでる」

「えっ」

「立ってもらっていい？」

「う、うん」

落ち着かない気持ちになりながら立ち上がると、彼がいきなり正面に来た。

「手を広げて」

そう言っておはしょりに触れ、あずみのお腹のあたりを強い力でなにやらぐいぐいやり始める。

（これは……恥ずかしすぎる……！）

ほとんど息のかかるような距離に彼の顔がある。

スキンシップを取る時以外で、こんなに近い距離に彼を感じたのは初めてかもしれない。

いつも彼が使っているヘアワックスの、シトラスの香りがした。

彼の手が前から徐々に後ろに回る。うまくいかない箇所があったのか、創太郎はあずみの背後に回った。

何をどうされているのかもよくわからないまま、ぐいぐいされる度に揺れながら大人しくかかしのように手を広げて突っ立っていると、「これでたぶん、大丈夫だと思う」と声がかかった。

「あ……」

ふわりと後ろから抱き寄せられ、うなじに唇の当たる感触があった。

横から手がするりと入ってこようとするのを、何とか食い止める。

「だめ……着崩れちゃう」

「直してあげるから大丈夫」

彼はこともなげに言うと、あずみの首筋に唇を這わせた。

「髪も崩れるし、本当にだめ。遅くなっちゃう」

あずみのやや本気の拒絶を創太郎は素直にくみ取ってくれた。それでも未練がましくあずみの手首を取って内側の柔らかいところに唇を這わせ、強く吸う。

「う……っ」

強い刺激に、声にならない声が出たところを彼の唇でふさがれた。舌が押し入ってきて、逃げ腰のこちらの舌を捕らえるかのように絡みついてくる。

頭がくらりとして、何も考えられなくなってしまう。

気がつけばリビングには、いやらしい水音が響いていた。

「んっ……ふっ……」

だんだん息が荒くなって腰に力が入らなくなってきたところで、これ以上は本当にまずい、と感じて彼の体を引き離した。

引きはがされた形の創太郎があずみの顔を見て、わずかに眉根を寄せる。

「……だめって言っておいて、そんな顔するのってひどくない？」

「……」

あずみは無言で右手のこぶしをぎゅっと握りしめると、彼の肩口をどすっ、と突いた。


まだ日は沈んでいないけれど、すでに境内にはオレンジ色の明りがぽつぽつ灯っている。

広くない参道にひしめき合うように、たこ焼き、焼きそば、りんご飴《あめ》、フランクフルトなどの定番ものの屋台が並んでいた。

若者に人気のありそうなチーズハットグやケバブ、もはや定番になりつつあるタピオカドリンクの屋台も出ているようだ。

太いストローの刺さったドリンクを片手に持った高校生くらいの数人の後ろを、子どもたちがくじ引きの景品らしいビニールトイを振り回しながら走っていて、同行していたお母さんに「走らない！」とたしなめられていた。

スピーカーが古いのか、会場内に流れる祭囃子《ばやし》はややひび割れている。

いかにも夏祭りの夜らしい賑やかな空気を肌で感じて、ああ、お祭りに来たのだとあずみは実感した。

「お祭りなんて久しぶり。なんかこう……高まるね」

「うん。独特の高揚感があるよね」

いつも野菜などをくれる農家さんや、町内会の人達が敷地内の集会所で宴会をしているということで先にそちらに向かい、挨拶をした。

酔って上機嫌になったみなさんにおおいに冷やかされて、あずみは赤くなったり謙遜したり、汗をかいたり、なかなか忙しかった。

ぜひとも上がって一杯飲んでいきなさい、という町内会長さんの誘いは創太郎がうまくかわしてくれたので、これから二人でお祭りを楽しむつもりだ。

ちょうど空腹になる時間帯なせいか、どこの屋台も人が並んでいた。

「学生の時にバイトで屋台というか、対面販売の仕事をしたことがあるけど、お客さんに直接売るのってすごく楽しいんだよね。またやりたいなぁ」

「お客さんの顔を見ながらっていうのはやりがいがありそうだね」

「そういえば、創太郎君は学生時代って何かアルバイトとかしてたの？」

「やってたよ。土日がつぶれるから大変といえば大変だったけど、待機時間が長いから本読んだり課題やったり出来たし、今考えたら割の良いバイトだったな」

へぇ、と感嘆の声が出た。何をやっていたのか、にわかに興味がわいて訊ねる。

「ちなみに、なんのバイトだったの」

彼はなぜか、ニヤリと笑った。

「運び屋」

「え、は……こび屋？」

運び屋という単語を聞いてあずみの脳裏に浮かんだのは、法律で禁止されている薬物や、殺傷能力が高くやはり国内では一般人の所持が禁止されている武器だった。

あずみの反応を見て、彼がなにやら満足そうな顔をする。

「何をイメージしたのかはだいたいわかるけど、法に触れるようなことはしてないから大丈夫」

「そ、そうなんだ？」

「俺がやってたのは個人輸入だね。飲食店と契約して、海外で現地の香辛料とか食材を買いつけてくるんだよ。飛行機の搭乗距離が長くなるから航空会社の上級会員にもなれたし、何よりマーケティングの勉強になった」

「すごいね。それってお父さんの提案とか？」

創太郎のお父さんは国内の五大商社と呼ばれる総合商社の一つに勤務していて、今はイスラエル経済の中心地であるテルアビブに駐在していると聞いた。

そういう人だから、「海外で買って国内で売る」ということに関してはプロ中のプロのはずだ。

「いや、そのバイトは大学の先輩に紹介されて。見返りにその先輩が幹部をやってたイベントサークルに入らされて、それはちょっと面倒だったけど」

「面倒？　イベントサークルが？」

「……その話はまた今度ね。それより、何か食べようか」

もっと彼の学生時代の話を聞きたかったたし、何よりはぐらかされた気もするけれど、たしかにお腹がすいてきた。

鉄板でじゅうじゅう焼かれている焼きそばのソースの香りが、さっきからかなり気になっても、いる。

焼きそば、たこ焼き、枝豆といったこういう時の定番メニューと、氷水でキンキンに冷やされていたラムネを二本買い込み、空いている飲食スペースに座った。

二人でいただきますを言い、あずみは焼きそばのパックを開いた。ソースと紅しょうが、青のりの香りの混ざった湯気がふわっと立ち昇る。

ひと口ぶんを箸でつかんで、口に運ぶ。濃いめのソース味が美味しい。

彼が栓を開けてくれたラムネをきゅっと流し込むと、ビールを飲んだ時と遜色ない高揚感を感じた。

「美味しいね」

あずみが言うと、創太郎が目を細めて笑った。

「美味しいものを食べると、いつも困り顔になるね？」

「えっ、そうかな？　でもたしかに、眉間に力が入っちゃうかもしれない……」

この間指摘された鼻歌といい、自分で意識していない時の行動が恥ずかし過ぎる。

これからはもっと緊張感を持って、彼に似合う凛とした大人の女性にならなくては……

とあずみはひそかに決意した。

「あれっ、もしかしてわっくん？」

テンションの高い声をかけてきたのは、自分たちと同世代くらいの青年だった。

同じ年頃に見える数人の男女を引き連れていて、皆、興味津々といった様子でこちらを見てくる。

「なに、知り合い？　ちょーイケメンなんですけど」

数人のうちの一人の女性がはしゃいだ声をあげた。他の男性は値踏みするような露骨な目線をこちらに向けてくるので、落ち着かない気持ちになった。

「高校くらいまでだっけ？　夏休みやら冬休みの時にこっちに来てた、わっくんだよね？」

「……こんばんは。滝口君、久しぶり」

滝口君と呼ばれた青年は感激したのか、急に大きな声をあげた。

「おーっ‼　覚えてくれてた‼」

声量の変化についていけず、あずみは肩をびくりとさせた。皆それなりに飲んでいるらしく、ビールの匂いがする。

「えー、タキ、紹介して！　てか、良かったらみんなで一緒にまわりません⁇　この後、海にも行くんですよー」

創太郎のことをイケメンと評した女性が、やはり高めのテンションで言う。「一緒にまわりません⁇」を言う時にはこちらを見てきたけれど、視線は合わなかった。

「申し訳ないけど、そろそろ帰るところだったので」

創太郎がやんわりと、それでいて相手のつけいる隙のない言葉と声音で言った。女性が押し黙る。

「ちょー待って、わっくん！　ＳＮＳのＩＤ教えて。フォローして俺、連絡するし」

「ゴメン、ＳＮＳあまりやってないんだよね」

「そっかー、でも今度遊ぼう！　俺ら今アウトドアにはまってて、キャンプとかバーベキューとかけっこう行くんだ。彼女さんも一緒に、ね」

ね、と言いながらこちらに向けられた顔は紅潮していて、かなりアルコールが回っているように見えた。どう答えるか迷って、あずみはあいまいに笑う。

「タキ、先行くよー」

潮時と判断したのか、数人のうちの一人が離れていき、皆つられたように歩き出した。

「え、行くの？　じゃあ、わっくんごめんね、なんか邪魔しちゃって。またねー」

一緒にまわろう、と言った女性はまだ創太郎のことが気になるのか何度かこちら振り返ったけれど、やがてお祭りを楽しむ人ごみに紛れて見えなくなった。

「なんか、ゴメンね。昔の知り合いで、悪い奴じゃないんだけど」

創太郎がぽつりと言う。

「え、ううん。私は全然」

「でもそろそろ帰ろうか。買ってきたものも冷めちゃったし、家で温め直してゆっくり食べよう」

たしかに、まだまだお祭りを楽しむぞ！　という気持ちにはならなかった。さっきの人たちにまた会ったらちょっと嫌だなと思うのもある。

境内を出て、人気の少なくなってきたところで手をつなぎ、水田に挟まれた国道を歩いた。

「足、痛くない？　大丈夫？」

彼が言った。

「うん、大丈夫。痛くないよ」

それからなんとなくお互い無言になり、藍色の広い空の下をもくもくと歩いた。山の向こうには、一番星がくっきりと見える。

ふと、こっちに来てからきちんと夜空を見上げたことがなかったなとあずみは思った。

この辺りは人家や商業施設が多くないから、暗くなればきっと綺麗な星空を見ることが出来るだろう。

下駄がアスファルトに当たる音に、虫の声や蛙の声、まだかすかに聞こえる祭囃子が重なると、ひどく懐かしくて泣きそうな気持ちになった。

ここは自分の生まれ育った故郷ではないし、まだ暮らし始めて一年も経っていない。けれど、自分の中でとても大切な場所になっているのだとあずみは思った。

「着替えるのは後にして、とりあえずごはんにしようか」

「そうだね。お腹空いちゃったし」

お祭りに行っていた時間は幸いにもずっと涼しい風が吹いていて、さほど汗をかかずに済んだのだ。それにもう少し、彼の浴衣姿を眺めていたいというのもある。

あずみは彼にたすきがけをしてもらい、キッチンに立つと、サラダを作ることにした。

「そういえば創太郎君、自分で着るだけじゃなくて、人の着てる浴衣を直すのも出来るんだね」

「ああ、おばあちゃんに仕込まれたんだよ。着道楽のじいちゃんが遺した着物をお前が受け継ぎなさい！　着ないともったいない！　って。まぁほとんど着てないけどね」

「そうなんだ。私は一人で着られないから尊敬するよ、そういうの」

ほどよく熟れたトマトを洗いながらあずみが言うと、創太郎が真後ろに立って、シンクのふちに手をついた。体が密着して、胸がきゅうっとする。

「今度教えるよ。手取り足取り」

耳元に吐息交じりの悪戯っぽい声で言われて、ぴくりと体が反応してしまう。

「……自分で勉強するので、大丈夫です。おばあさんが帰ってきた時に教えてもらえるかもしれないし。あ、そういえば町内会の皆さん、みんなパワフルというか、元気で良い人たちだね」

やや強引に話題を変えると、彼は意外にもあっさり離れてくれた。

「うん。とにかく食べさせようしてくるから困る時もあるけどね。野菜とか、本当にどう考えても食べきれるわけがないだろうっていう量をくれたりするし。ありがたいことだけど」

淡々と言いながら食器棚から取り皿やビール用の小ぶりなグラスを取り出し、ダイニングテーブルに並べてくれる。

「今まで、そういう時ってどうしてたの？」

あずみが来るまで、彼はたまにパスタを作るくらいでほぼ自炊をしていなかったらしい。野菜をもらっても持て余していたのではないだろうか。

「社食の厨房に持って行って使ってもらえるようお願いしたり、あとは西尾さんにあげたりしてたよ」

「そっか、傷んだらもったいないしね」

会話をしながら準備をしているうちに、食卓が整った。

屋台で買ってきたたこ焼きと焼きそばはあえてパックのままテーブルに置き、他にはトマトサラダと、昨日のバーベキューで残ったウインナーを焼いたものを並べた。

創太郎が冷凍室でギリギリまで冷やしておいた瓶ビールの栓を抜き、あずみのグラスに注いでくれる。

黄金色が入ったグラスの外側は、すぐに白く曇った。

「ありがとう」

浴衣で飲むビールは最高だった。二人ともほろ酔いになりながらくだらない話をして、笑い合う。

あずみが酔い覚ましの水を冷蔵庫から持ってこようと立ち上がり、創太郎の横を通ろうとした時、ぐいっと手首を引かれて、膝の上に横向きに座らされてしまった。

「出かける前の、つづき」

「え、でも……んぅ、」

創太郎はあずみの困惑などおかまいなしに唇を重ねてくる。

「ふ……」

戸惑いながら必死にキスに応じていると、胸の下がふわりと楽になる感触があって、帯や腰ひもが緩められたのだとわかった。

「ん、や……」

襟元から侵入した彼の手に、既に敏感になっていた素肌を撫でられる。

そのままじわじわ追い詰めるような愛撫が続いて、横抱きにされリビングのソファに下ろされた。

いつのまにか、夏の夜はとっぷりと深まっている。

お互いに着ているものはほぼそのまま、脱ぐ時間すら惜しむかのように彼が先端をあてがってくる。

先の部分で敏感な芯の部分をぐりぐりと刺激された後、ずりゅ、と挿入されてしまった。

「ん、ああ……っ！」

その部分は、とても熱い。

緩急をつけて責め立てられると、下腹の奥がきゅうっとして、創太郎が苦し気な息を漏らした。

「っ……、」

それを聞くと、切なさに似たものがこみ上げてくる。

「はぁ、あっ……、！」

この時の彼は容赦がなかった。

突かれる感覚と、その瞬間、背すじに走る電気のような快感と、腰を打ち付けられた時の肌のぶつかる感触に、まずい、とあずみは思った。

もう、あの高まりが来てしまう。

「い、ぁ、まっ、て」

創太郎は止まらない。

それどころか、お互いの指を絡ませるようにしてあずみのことをソファに縫いとめ、身動きを取れなくしてしまった。

そのうえで、開いた足の付け根へ執拗《しつよう》に腰を打ち付けてくる。

この体勢では、これまでそうしていたような「あり余る快感を逃すこと」が出来ない。

自分の体が今、それを全部受け止めてしまったらどうなるのか、想像すると怖かった。

「そ、うたろ、くん、おねがい……！」

あずみは彼の目を見て、懇願した。

その瞳は興奮したけものの色をしていて、目が合うと、甘く身が竦む。

それでもあずみの願いは届いたのか、抽送がゆるめられた。

「あ……、」

安心して、深く息が漏れた。下腹を貫こうとするかのように迫っていた快感が、遠ざかる。

「んん……」

唇が柔らかく重ねられて、下唇と上唇を交互にゆっくりと甘噛みされた。

「ん……」

いつものような穏やかで優しい彼に戻ってくれて、安心する。

それなのに、創太郎はあずみの耳元へ顔を寄せ、低い声で告げた。

「……やっぱり、やめない。今夜は逃がさない」

「……っ、！　な、なんで」

どうやら彼は、今まであずみが高まりから逃げていたことに気がついていたらしい。

「それと、」

困惑するあずみに対して、低く掠れる声で彼は続ける。

「他の男にジロジロ見られたのが、気に食わなかったから」

「あぅ……っ」

彼の腰が深く沈められて体重がかかり、下半身が固定されてしまう。

そのまま、あずみが抗おうとするほどに、彼は奥へ奥へと追い立ててきた。

つながった部分から拡がる熱いうねりは、とどまるところを知らなくて。

いちばん高いところに昇りつめていく時、濡れた唇が合わせられたけれど、自分のものとは思えない、くぐもった淫らな声が出て止められない。

「……！　っ、……！」

必死に抵抗したけれど、その先を求めるように腰を打ち付けられて、あずみは堪えきれずに高く掠れた声を上げ、意識を手放していた。

雨戸を開け放った部屋には、この時間いつも心地よい風が通り、熱を持った肌を優しく冷やしてくれる。

体を重ねている時はいっぱいいっぱいだけれど、終わった後の落ち着いて過ごせるこの時間があずみはとても好きだった。

いつの間にか流れていた涙をぬぐうように、彼のやわらかい唇がそっと目尻に触れた。

乱れた髪を梳くようにしなやかな指が通されると、心が満たされて眠気が襲ってくる。

そんな風にして、今日も楽しくて幸せな、彼との一日が終わっていく。

こんな穏やかで甘い日々が、ずっと長く続きますように。

眠りに落ちる直前の、まだ意識を保っていられるほんの一瞬の間さえ、あずみは祈らずにはいられなかった。

九章　八月のいちばん長い日

今日も夏らしい快晴の空だった。

いつものようにバスと電車を乗り継いで会社へたどり着くと、あずみはバッグからハンカチを取り出して額の汗をおさえてから、階段へ向かう。

商品部のフロアに着いてデスクに目を向けると、珍しく西尾さんはまだ出勤していなかった。

代わりのように、北本さんと上杉さんのコンビが既に席についている。いつも仕事中にそうしているように頭をつきあわせ、深刻そうな顔で何かを話し合っていた。

「おはようございます」

あずみが声をかけると二人はぱっと話をやめ、芝居がかった動作で鼻からふんと息を吐き、無言でそれぞれPCに向き直る。

理由はわからないが、あずみに対しては挨拶を返さないのが当然と思っているようだった。

入社以来、ずっと二人には素っ気ない対応を受けてきたけれど、挨拶を無視されたのは今日が初めてだった。

不安な気持ちで椅子に座ると、ＰＣの電源ボタンを押して立ち上げ、その間にバッグからスマートフォンを取り出した。

サイレントになっているかや、誰かから緊急の連絡が来ていないかなどを確認する。

二人が全身でこちらの様子をうかがっているのがわかった。

なにかあるなら直接言えばいいのに。

情けない話だけれど、早く西尾さんが来てくれたら良いのにと思ってしまった。

ログインを済ませ、メールやチャットを確認する。

十数件届いていたメールのうち、一件は上杉さんの作った、競合他社と自社のシェアに関する資料に載っている値が間違っているのではないか、と指摘する営業部からのメールだ。

それ以外はあずみ本人にはほぼ関係のない連絡事項と、イレギュラーに依頼があってあずみが引き受けた仕事に対する丁重なお礼のメールだった。

もしかしたら自分でも気がつかないうちに重大なミスを犯していて、向かいの二人はそれを非難しているのかと思ったけれど、それらしいメールは来ていないようだった。

だから、二人にここまでの態度を取られる心当たりはない。

頭を切り替えてTo Doリストをまとめていると、創太郎が出勤してきた。

「おはようございます！」

北本さんと上杉さんはあずみの時とはちがい、いつも通りの大きな声で創太郎に挨拶する。

その温度差をあからさまに見せつけられて、さすがに悲しい気持ちになった。

それにしても、そろそろ始業なのにまだ西尾さんが出勤してこない。

「今日って、西尾さんはお休みですか」

いつもなら特に知らされない限り自分から聞くことはしないけれど、あずみは気になって創太郎に訊ねた。

向かいの二人がギロリとこちらを睨《にら》むのがわかったけれど、気がつかない振りをする。

創太郎はあずみと目を合わせると、スマートフォンを取り出してメッセージアプリを確認した。

「いや、病院に立ち寄ってから出勤するってメッセージが来てますね」

「そうでしたか……」

あずみが言い終わらないうちに、上杉さんが声を上げた。

「すみません、今日全員で打ち合わせ良いですか？　何時でもいいんで」

創太郎が上杉さんに視線を向ける。

「わかりました。十一時からであれば僕は大丈夫です。篠原さんと北本さんはどうかな」

あずみは頭の中のスケジュールをざっと確認した。特に、何も問題はない。

「はい、大丈夫です」

あずみが答えた後、北本さんが不機嫌な声で言う。

「出来れば早いほうがいいですけど、それでもいいです」

上杉さんが発案しての打ち合わせは、あずみが知る限りではこれまでになかった。仕事の量や内容を調整して欲しいという話だろうか。

集中して仕事をしていると、十一時はあっという間だった。

少人数用の会議室に入り、それぞれ席につく。進行はリーダーの創太郎が務めるようだった。

何の気負いもない、フラットな声で創太郎が会を進める。

「では、始めましょうか。上杉さんが提案されての会なので、先にお話を伺います」

「はい」

上杉さんが話し始める。

「私事になるんですけど、一昨日の土曜日に、街中に買い物に出かけまして」

私事。土曜日。街中に。

話が見えないなと考えたのは一瞬だった。

その日は創太郎のおばあさんのところへ行き、百貨店で買い物をして帰ったのだ。

心臓が早鐘を打つ。喉がひりついて、息が苦しくなった。

もしかして、見られていた？　それを今から追及する？

「篠原さん、顔色悪くないですか？　大丈夫？」

涼やかな声で、北本さんが言った。

今日初めて合った目は笑っていて、あずみの動揺を楽しんでいるのがはっきりと伝わる。

救いだったのは、創太郎が動じることなく無線《ワイヤレス》のキーボードをたたいて議事録をとっていることだった。さすがとしか言いようのない落ち着きぶりだ。

上杉さんが低い声で続ける。

「篠原さんと和玖さん、一緒にいましたよね？　二人で何やってたんですか？　画像もありますけど」

言い終えて、あずみをじろりとにらんだ。

（どうしよう……私が否定したほうがいいよね）

「そ……」

「一緒に買い物をして家に帰るところでしたが、何か問題が？」

口を開きかけたあずみより早く、創太郎が言う。

その声は凪のように落ち着いていて、なんの動揺も感じさせなかった。

まるで悪びれず堂々としている創太郎の反応が予想外だったのか、上杉さんはわずかに肩を揺らした。

それでも負けじと言う。

「いやでもっ、その、一緒にいるというのが問題じゃないですか？」

「……うちの会社って、社内恋愛はＮＧでしたよね？」

北本さんが上杉さんの後を引き継ぐようにして、きっぱりと言った。

「まぁ社則にはないみたいですけど、ばれたらどっちかが転勤とかって聞きましたよ」

納得がいかない。

隠れて社内恋愛をしていたことは認める。でもそれがこの人たちにとってなんだというのだろう。

たしかに自分たちは社員どうしでお付き合いをしていて、しかも上司と部下の関係だ。でもそのことで仕事に支障をきたしたり、誰かに迷惑をかけたことがあっただろうか？

もしあずみが北本さんや上杉さんの立場であれば、よっぽどチーム内の仕事に影響が出ないかぎり、わざわざ打ち合わせの場を設けて相手を糾弾するようなことは絶対にしないだろうと思う。

そんなことで相手を責め立てても意味がないし、仕事をしていた方がずっとずっと生産的だからだ。

ただ、それでも。

どちらかが転勤になるというのは、恐怖でしかなかった。

あの自然に囲まれた、古く優しさの詰まった家で思いがけず彼と再会して、お付き合いすることになって。

私は彼とあの家で、穏やかな生活を続けていきたい。

「いまこの会社で、和玖さんと篠原さんの関係を知っているのは私と上杉さんだけです。

ただし」

北本さんはたっぷりと間をとると、勝ち誇ったように言葉をつづけた。

「この場でのお二人の態度しだいでは、上に報告させていただこうと思っています」

上杉さんが同調するように鼻を鳴らす。

「そもそも社会人として、転職したばかりで社内恋愛とかどうかと思うよね。仕事ってさ、そういうもんじゃないでしょ？　同じチームでチャラチャラされたらこっちが困るんだけど。ただでさえ忙しいのに」

言い返したいけれど、喉の奥が緊張でつかえたようになってしまって、言葉が出てこない。

そっと彼の様子をうかがうと、すぐになにかを発言するつもりはないのか口を開く様子はなく、上杉さんが発するもはや悪罵に近い言葉を冷静な顔で聞いていた。

でも、あずみにはわかった。

彼はいま——、すごく怒っている。

上杉さんの言うことには意味や根拠はなく、ただあずみを攻撃したいだけだというのが伝わってくる。

彼女はおそらくどこの会社にもいる「文句をいうことで仕事をした気になってしまう人」なのだと思う。それはなんとなくわかりつつも、何も言い返せずにいるうちにこちらにも非があるような気持ちになってきた。

私が辞めれば良いのかな……という考えが頭をよぎる。

もともと興味があったマーケティングの仕事は予想していた以上に奥深く、やりがいがあった。

最近では創太郎と、仕事の話で盛り上がることも多い。

近年、世の中の衛生観念に劇的な変化があって、消費者の行動が大きく変容した。その動きは今でも続いている。

化学素材の需要にも大きな波が起きていて、まだ業界は変化のただなかにあった。

公衆衛生に関する理解度や、ＳＮＳに流れているさまざまな生の消費者の意見を探る能力、それに対する親和性は、この会社ではまず間違いなく、若くて広い視野をもつ創太郎が一番高い。

そこに他業種でのキャリアがあるあずみが加わり、経験の長い西尾さんの力を借りることで、これまでにない価値観から消費者行動を分析し、最終的には会社としての業績に結び付けることが出来れば、と彼は言っていたけれど。

社内では淡々としているように見える彼が秘めている仕事への情熱は、並々ならぬものがあるとあずみは感じている。

正直、彼と再会してまた付き合い始めたころの自分は、大人の彼を好きになったつもりでいたけれど、中学時代の創太郎に対する恋心の延長のようなものを抱いていただけだったように思う。

でも、今は違う。

自分は思い出に残る十五歳の和玖創太郎ではなく、大人になった彼のことを、改めて好きになったのだ。

いつも優しく穏やかなところ。

真面目で仕事熱心なところ。当然のように家事を分担してくれるところ。

おばあさんと仲が良いところ。ほかにもたくさんある。

いつも彼は、あずみが穏やかな気持ちで日々を過ごせるように気を回してくれる。

あずみと付き合ったことで彼の人格や仕事ぶりが誰かに否定されて、そのせいで今取り組んでいる仕事を取り上げられる可能性があるというのなら。

無念と決意、悲憤の混ざった感情が体の奥から湧き上がって、あずみの顔を熱くした。

創太郎が口を開く。

「篠原さんと僕はお付き合いしています。それは事実として認めます」

北本さんの体がわずかに揺れた。

「ただ、役職者に報告するというのは少し待っていただけませんか」

気負いのない声の中には、有無を言わせない力強さがこもっていた。

北本さんも上杉さんも口をはさまず、ただ創太郎の話に耳を傾けている。

「たしかにこの会社では、社員どうしでの恋愛は歓迎されていません。でも、社則にない以上はあくまでプライベートのことですから、それを他の人の口から言われたくないです」

さらに続ける。

「そもそも役職者に報告ということについてですが、業務になんら関係のない社員どうしの色恋沙汰を一方的に知らせて対応を求めるというのは、むしろ北本さんと上杉さんにとってリスクの伴う行動だと僕は考えます」

もっともな話だった。

いくら「社内恋愛はご法度」の姿勢を会社が取っていたとしても、役職者によっては、忙しい業務のさなかに悪意のある告げ口のような報告があれば、むしろ報告してきた人間に対して心象を悪くするだろう。もしくは歯牙にもかけない場合もある。

しなやかに見えて、時には強く出られるところ。

これも彼の持っている強みの一つなのだと感じる。

この年齢でリーダーを任されているだけのことはあるのだ。

上杉さんは口をつぐみ落ち着かない様子になり、北本さんはいまだ強気の姿勢を失わず上目遣いに創太郎を見ていたけれど、もはや何も言えないようだった。

「僕の言いたいことは以上です。この後もみなさん仕事が立て込んでいると思うので、この打ち合わせは終わりにしようと思いますが、他には何かありますか？」

誰も返事をしなかった。創太郎がタブレットと手帳を片付けたことで、完全に会議室の中はお開きの空気になる。

「では、終了することといたします」

北本さんと上杉さんは無言でさっさと立ち上がり、オフィスとは逆方向に歩いて行ってしまった。このまま昼休憩に入るのだろう。

今の空気のままデスクに戻って顔を突き合わせるのは辛く、それはおそらく彼女たちも同じなのだと思った。

何かを心配するような目でこちらを見ていた彼と目が合う。

笑って「大丈夫だよ」と言おうとして、声が出なかった。

（あれ、なんだろうこれ……視界がせまい。暗い）

とにかく気持ちを切り替えて、早く仕事に戻らなくてはいけないのに。

急ぎの仕事で、担当者に問い合わせをしていて返事待ちのものもあるし、とりあえず立ち上がらなければ。

それなのに、体が強張って立ちあがれない。とりあえず深呼吸をしようと考えて息を吸ってもうまく酸素が肺に入っていかず、息苦しかった。

（なんだろうこれ……くるしい……）

指の関節が強張ったようになり、思ったように動かせない。どうしようと内心焦っていると、いつの間にか創太郎がすぐ横に来ていた。

「大丈夫？」

心配そうに言うと、手に持っていたスポーツドリンクのキャップを開けて、あずみに持たせようとしてくれた。

会議室を出てすぐの自販機で買ってきてくれたらしい。

かたく強張った指先は、ペットボトル一本の重さすら支えられなかった。

あずみの手から落ちそうになったボトルを創太郎は受け止め、あずみの指先に触れた。

「……っ、手が冷たい」

彼は焦った声で言い、ペットボトルの中身を口に含んであずみに口づけた。

やわらかい唇の合わさったところから冷たく甘い液体が流れて、あずみはそれをこくりと飲みこんだ。

それだけで、わずかに指先に力が戻ってきた気がする。

創太郎はあずみの手にもう一度ペットボトルを持たせ、包み込むように上から手を添えて支えた。

最初のひと口さえ飲むことが出来れば、後はどうにかなった。

飲むたびに、どんどん体が楽になるのを感じる。さっきまでの状態がうそのようだった。

「……脱水症状と低血糖と、あとはストレスもあるかもしれない。打ち合わせが終わった時、篠原さんの顔色見てまずいなと思った」

創太郎はそう言うとあずみの手をきゅ、と握った。

「ごめん、俺のせいだ」

何のことを言っているのかはすぐにわかった。あずみは顔を横に振って否定する。

「ううん、どっちのせいでもないよ」

さっき打ち合わせの場で起こったことや言われたことは、後でじっくり考えようと思った。

今は、彼があずみの体調の変化に気がついてくれたことが嬉しい。

立ち上がると、創太郎が背中を支えてくれる。

「今日、早く帰るよ。いろいろ話したいことがあるから」

創太郎が少しだけ、二人でいる時の甘さを感じさせる声色で言う。あずみが頷くと、唇が重なった。すぐに離れてもう一度強く押し当てられた後、ゆっくりと顔が離れる。

そっと彼の表情を見ると、物足りない顔をしていた。でも、これ以上は出来ないということは理解している。社内でキスをするのもこれが初めてだった。

最後に忘れ物がないか確認し、エアコンの電源を切って会議室を出た。

薄暗い場所にいたせいか、突き当たりの大きな窓から見える空の青がまぶしく感じる。

あずみと創太郎は同僚の距離感で、言葉を交わさず廊下を歩いた。


デスクに戻ると、西尾さんが来ていた。

その姿を見てなんともいえない安心感と、涙がこみあげてくる。

「あ、お疲れさま。打ち合わせだったの?」

「西尾さん……」

病院に寄ってくるということで、もしかして体調が悪いのかと心配したけれど、顔色は悪くなさそうだった。

いつもと変わらない明るい声と、穏やかな表情を向けてくれるのが無性に嬉しい。

「どうしたの？　二人とも疲れてない？」

西尾さんはオフィスを見回して何かを確認し、向かいの席をちらりと見て言った。

「あの二人がらみ？」

なんと言えば良いかわからず沈黙してしまったけれど、西尾さんはそれを肯定として受け止めたようだった。

「やっぱり。もっと仕事を減らせとか、ルーチンワークは嫌だから別のすごいプロジェクトに関わりたいとかそんな話？」

あの二人には困ったもんだわ、と西尾さんはため息をついた。

「そういう話ではなかったんですけど……」

「あ、じゃあ自分のミスが多いのは会社のシステムが使いにくいのが理由だから改善して欲しいとか？」

「西尾さん」

戸惑うあずみに助け船を出すように、創太郎がそばに来た。

「今日はお弁当ですか？」

創太郎の質問が予想外だったらしく、西尾さんがきょとんとした。

「ううん、ちょっと今日は用意する余裕がなくて」

「じゃあちょうど良かった。僕がごちそうするので、この後三人でお昼どうですか」


創太郎がランチを食べる場所に選んだのは、一階にある、大きな窓が開放的な商談スペースだった。

正式に休憩スペースとして開放されている場所ではないので、昼休みの今は誰もいない。

創太郎は予約システムを使って、一時間このスペースを確保してあるらしい。

会社からほど近い、おばあさんの知り合いの割烹仕出し店に急ぎで届けてもらったという「ちょっとお高めのお弁当」がテーブルの上に載っていて、揚げ物と出汁のとても良い香りがしていた。

黒地にきれいな銀の木目が入った紙のふたには金箔が散らしてあり、会社のランチで食べるには少々気後れするような高級感を放っている。

「いいの？　ほんとにごちそうになっちゃって」

「どうぞ。冷めないうちに食べてください」

あずみと西尾さんがふたを開けると、仕切られた弁当箱の中には天ぷらの盛り合わせ、すだちの輪切りをあしらったお造り、蛸と野菜の炊き合わせ、太刀魚や海老を焼いたものに、水菓子の赤肉メロンまで入っている。

ちなみにごはんは別添えで、こちらは刻み三つ葉の混ぜごはんだった。

「すごーい」

「美味しそう……」

三人そろっていただきますを言い、その後は各々無言になって、食べることに集中する。旬の食材を使った料理はどれも素材からていねいに調理されたことがわかる味つけで、食欲がなかったはずなのに箸が止まらなくなる。

合間にいただく温かいほうじ茶がエアコンで冷えた胃と体に染み渡る。

とろけるような食感のメロンを食べ終えると、創太郎が本題を切り出した。

「西尾さんには言ってなかったんですけど」

「うん？　なに、なにか大変なお願い？　だからこんなお弁当をごちそうしてくれたの？」

「当たらずとも遠からずです、たぶん。聞いてくれますか」

「聞きますとも」

あずみは二人のやりとりを横から見守っていた。

ここに来るまで創太郎とはなにも打ち合わせていない。でも、西尾さんをランチに誘った時に彼の意図は察していた。

それでも、緊張する。どんな反応をされるのか。

優しい人だからあからさまに否定的な反応はしないと思うけど、でも、引かれてしまったら……。

「僕と篠原さんですが、付き合ってます。いろいろあって、篠原さんの入社前からの関係です」

「……」

西尾さんは何も言わなかった。

てっきり多少なり驚いた反応を示すと思っていたので、あずみは戸惑った。

「に、西尾さん?」

「えぇっ?」

どうやら一瞬言葉の意味を理解できず、反応が遅れたらしい。

西尾さんは慌てて両手で口を覆い、周りをキョロキョロ見渡すと、創太郎とあずみを交互に見て言った。

「……ほんとびっくりしちゃった。二人とも全然そんな素振りないし!」

「驚かせてすみません」

創太郎が謝ると、西尾さんは気にしないでというふうに手をぶんぶん振り、上気した顔で続けた。

「いやでも、そうなればいいのになぁ、とはなんとなく思ってたの。二人とも綺麗な見た目で仕事は超のつく真面目ぶりで性格も良いし、集中してる時の空気感が似てて……」

なんだか、すごくはしゃいでいる。あずみは西尾さんの褒めちぎりぶりに赤くなったり照れたり忙しかった。

「入社前からのお付き合いってことは、けっこう長いの？」

「期間としてはまだ長くないんですけど。そのあたりの話はまた今度ゆっくり、食事しながらでも」

彼の言い方はやわらかかったけれど、話を本題に戻そうとしているのが分かった。

「西尾さんにお願いしたいのは、証言です」

その一言で、敏《さと》い彼女はすべてを把握したようだった。

「なるほどね。打ち合わせはその件で？　あの二人のどちらかに知られて大騒ぎされたんでしょ」

「僕が迂闊《うかつ》でした……街中で買い物をした後に見られたみたいで」

「気にすることない。そんなことで仕事を放って打ち合わせの場で追及しようなんて思う方がどうかしてるんだから」

まるで見ていたかのようにあの二人の行動を当てるのがすごい。

「それで、証言ってことは他の人にもあることないこと言いふらして問題をでっちあげられそうになってるってこと？」

「まだその段階ではなかったみたいですけど、正直どうなるかわかりません。向こうの良識に期待したいところですが」

創太郎の声のトーンが沈む。

「うちの会社には〝社内恋愛はご法度・どちらか転勤〟の慣習もありますし」

手にぎゅっと力が入る。そうなれば転勤になるのは自分の方だろうと思った。

西尾さんが難しい顔になる。

「ああ、それね……」

商談室の中に重い沈黙が落ちる。手の中のほうじ茶はすっかり冷え切っていた。

「手札をあの二人が握ってるのが気に食わないけど、大丈夫。私だっていくつかカードを持ってるから」

西尾さんが壁の時計をちらりと見た。つられてあずみも確認すると、昼休憩が終わるまであと数分に迫っていた。

そろそろ片付けて席に戻らないとまずい。

「とにかく、話はわかった。わたしは和玖君と篠原さんの味方だから」

心強い言葉だった。思わずあずみは泣きそうになる。

「……ありがとうございます」

「慣習の件は不安だと思うけど、あまり悲観しないで。まだわからないでしょ」

てきぱきと全員分のお弁当のごみを分別しながら、西尾さんは続ける。

「本当は会社が終わった後にでもこのメンバーで話せたらいいんだけどね。しばらく私、都合が悪くて」

「いえ、証言してくれるだけで十分です。ありがとうございます」

「とりあえず、デスクには別々に戻りましょうか。一緒に戻るといろいろ気にするでしょ、あの二人は」

西尾さんの提案通りあずみ達は別々にデスクに戻り、それから終業までは意外にも穏やかに過ごせた。

もちろん向かいに座る二人から不穏な空気を感じることもあったけれど、午前中に仕事ができなかったせいか向こうも忙しそうだ。

ふだん十五時半に退勤する西尾さんが遅く出社したぶんあずみと同じ時間まで残っていたのが、偶然とはいえとてもあずみには心強く、終業の時間まで仕事に集中することができた。

その日は家の最寄りの駅から、創太郎と一緒に車に乗って帰ることになった。

駅前のロータリーで車を待っていると、創太郎の車が入ってきて、あずみの目の前が助手席になるようにきれいに停車した。

ドアを開け、助手席に乗り込む。

創太郎がエアコンの設定温度を何も言わずに上げてくれた。

この前車で出かけたときにあずみが「ごめん、ちょっと寒いからエアコン弱めて欲しいです」と言っていたのを覚えてくれているようだった。

「……でも、西尾さんに味方になってもらうのは意外だったかも」

窓の外を流れる景色に畑や水田が多くなってきたところで、あずみは考えていたことをつぶやいた。

「篠原さんと付き合う前から、俺は考えてたよ。もしこういう事態になったらまずは西尾さんに頼ろうって」

「え、付き合う前から？　それは用意周到というかなんというか……」

「……用意周到っていうか、たぶん陰湿なんだと思うよ、俺。あの二人よりもずっと」

創太郎が自分の内面についてこんな風に言うのは意外な気がして、あずみは彼を見た。まっすぐ前を向いて運転する創太郎の切れ長の瞳には薄く西日が射しこんで、彼の端正な横顔をより際立たせている。

その横顔はぞくりとするほど綺麗だった。

彼の言った『あの二人よりも陰湿』というのがどういう意味なのかを確かめたかったのに、一瞬彼が知らない人に見えた気がして、声が出ない。

「どこかに寄らなくて大丈夫？　買うものとかない？」

「うん。まっすぐ帰って大丈夫」

結局、詳しい意味を聞くタイミングのないまま、車は家に着いた。

家に入ってまずは、二人で手分けして家じゅうの窓を開け、風が通りやすいようにする。

日本家屋というのは基本的に夏を快適に過ごせるように造られているのだそうで、こうすればたいていの場合はこの時期でもほぼエアコンなしで過ごせた。

日中、陽が入りすぎないようにカーテンを閉めている薄暗いリビングに戻ると、いつの間にか後ろにいた創太郎に抱きしめられた。

あずみは振り向いてすっぽりと彼の腕の中に納まり、背中に手を回した。

つむじに創太郎の唇が触れた後、おとがいを優しく持ち上げられて二人の唇が重なる。

「ん……」

キスはすぐに深くなり、視界が揺れて、ソファに押し倒されたのがわかった。スカートの裾から手が入ってきて、太ももから腰まわりの線をたどった後、ストッキングをするりと脱がしにかかる。

「……っ、まだ、シャワー浴びてないから。着替えもしたいし」

いつもだったらそう言えば止まってくれるのに、彼は手を止めなかった。薄暗いソファに押し倒され、あっという間にストッキングを脱がされてしまう。

「……ごめん、破けた。新しいの買う」

彼があずみの膝を割って、体を密着させてくる。

「ま、待って……！」

「待てない」

あずみが必死に突っ張った手はたやすく外されてしまった。

手首をつかまれ、まぶたの上にキスをされる。唇はそこから目尻の線をなぞるようにして耳の敏感なところをたどり、熱い吐息が触れた。

「あ、……」

あずみの肩がぴくりと跳ねる。

創太郎はそんなあずみの反応に煽られたのか、首すじのやわらかいところに噛みついた。

「あ、ぅ」

どうしよう。このままされてしまうのだろうか。近くには避妊具がない。

周期的なことを言えば、今日はいわゆる安全日だった。

でも医学的には安全日というものが存在しないということも知っている。性的な興奮で、イレギュラーに排卵が起こるのは特段めずらしいことではない。

遠くない将来、彼と結婚するだろうとは思っているし、もちろん子どもも欲しい。けれど、まだそのタイミングじゃない。今はもっと頑張りたいことがあるのに。

とうとう下着が足先から引き抜かれ、服は脱がないまま二人の身体が重なりかけたとき、彼と目が合う。

その途端、彼はぴたりと動きを止めた。

「……ごめん。俺、どうかしてた」

そう言ってあずみの体を起こし、創太郎はすらりとした指を伸ばしてあずみの目尻に触れた。

「……あ、」

自分でも気がつかないうちに、涙が出ていた。彼が思いとどまってくれたのは、あずみの涙に気づいたからだろうか。

「泣かせるつもりはなかった。ごめん……」

「……ううん、だいじょうぶ。ちょっと焦っただけだから」

二人して息を整える。

お互いに熱に浮かされたようになっていたのが冷静になって、もうこのまま続けられるような雰囲気ではなかった。

「わたし、シャワーに入って着替えてくるね」

「……うん」

あずみは創太郎の顔をまともに見られないまま、乱れたブラウスの胸元をおさえて立ち上がった。

シャワーを浴びて髪を乾かした後、低めの位置にポニーテールでまとめる。

奥座敷の自室に戻り、ため息をついて窓の外を見ると、太陽が空を茜色に染めていた。

山から吹く風がかすかに入ってきて、汗をかいたうなじに心地良い。

今、彼はシャワーに入っているようだった。

この後夕食でまた顔を合わせることを考えると、あずみはソワソワと落ち着かない気分になってしまう。

彼のことは好きだし、そういうことをするのは全然嫌じゃない。

嫌じゃないけれど、さっきは少し怖かった。

それは車で帰ってくる時に感じた、彼が別の人に見えた時の感覚に似ていた。

それでも一緒に住んでいるのだし、ケンカをしたわけでもないので、顔を合わせなければならない。

好きな相手と一緒に住むというのはとても楽しいけれど、それだけではなくて、こんな複雑な気持ちになることもあるんだなと感じる。

でも、可能な限り彼のことを理解したい。寄り添いたい。守りたい。

太陽がじわじわと沈み、山の稜線を茜色に照らす輪郭を残して消えるまでをぼうっと見届けた後、あずみはキッチンへ向かった。


そっとダイニングを覗くと、創太郎が夕食を作ってくれていた。彼もシャワーを浴びて着替えたらしい。

胸ポケットつきの大きめの白Tシャツに、アンクル丈の黒いパンツ姿の彼は、ラフな格好ながらスタイルの良さと顔の小ささも相まって、メンズモデルの人みたい、とあずみは改めて思った。

昭和の空気感のあるタイル張りのキッチンに立つと一見場違いに見えるけれど、これはこれでありだなぁ、謎に納得してしまう。

こんな暢気なことがふわっと頭に浮かぶのは、今日の会社での一件を考えないようにしているせいだと自分でもわかっている。一皮むけば、あずみの心のうちは「会社……ご法度……バレて……どうしよう」が七割、「さっき拒んだの、やっぱり気まずいかも……」が二割で、かろうじて残った一割でなんとか平静を装っている状態だった。

彼は集中しているのか、あずみの視線には気がつかず、サラダにするらしいトマトをややぎこちない手つきでカットしていた。

話しかけにくい。

途中で思いとどまってくれたので怒りの感情はないけれど、戸惑う気持ちはいまだ残っている。

それでもあずみは思い切ってダイニングに入り、彼に声をかけた。

「何か、手伝う?」

彼は手を止めてちらりとあずみを振り返った。その顔はいつもの彼そのもので、車の中や先ほどリビングで見せたような危うさは微塵も感じられなかった。

「いいよ。テレビでも見て待ってて」

「はい……」

さっきのことを気にしているのは自分だけらしい。

リビングに続くドアノブに手をかけたところで、創太郎があずみを呼び止めた。

「あ、やっぱり待って」

どきりとしながら振りかえる。真剣な表情で創太郎が言った。

「さっきは、ごめん」

「……ううん、だいじょうぶだよ。でも、」

言いながら恥ずかしさがこみ上げる。今はすっぴんなので、顔の赤さは隠せない。

「次からは、必ずつけて欲しいです」

あずみがそれだけ言うと、創太郎が近づいてきてぎゅうっと抱きしめられた。あずみの使っているものとは違うシャンプーの香りがして、そのまま耳元に低い声で囁かれる。

「……あまりにも可愛いから今からでもつけないでしたい、正直なところは」

甘い雰囲気に流されそうになったけれど、心の内の七割を占める例の一件がふいに思い出された。

「もう、何言ってるの、ダメだよ。この後いろいろ話し合わないと。会社のこととか……」

一度本格的に思い出すと後ろ向きな考えがどんどん頭に浮かぶ。

転勤があるとすれば、きっと自分だ。そうなっても、退職はするつもりはないけれど。でももし噂が伝わって、転勤先で周りの目が冷たくなったら、職場の人間関係も重視したいあずみとしては正直自信がない。

考えると、ため息が出た。

「うん。話そう。でもその前にごはん食べたほうがいいよ。空腹になると良くない想像ばかりになるから」

そう言って彼が食卓に用意したのはルッコラとトマトのサラダ、ローストビーフ、海老と夏野菜がたっぷり入ったクリームパスタだった。

「美味しそう……ありがとう、用意してくれて」

「時間がなかったから、メインのローストビーフはお中元を冷凍しといたやつ。パスタソースもそう。あと、ワインが冷えてます」

おばあさん宛てにお中元がいろいろ届いて、電話をした彼が「全部二人で食べちゃって。送り主のリストだけちょうだい」と言われていたのは知っていた。

「創太郎君の隠し財産だね」

ここへ来たばかりのころ、彼が緊張していたあずみを励ますために、フリーズドライの味噌汁をくれたのを思い出した。

いただきますの声は二人とも元気がなかった。

サラダにかかっているドレッシングは創太郎の手作りらしい。しょうゆベースにオリーブオイルと黒酢、たまねぎ、それにほんの少しにんにくの風味が効いていてとても美味しく、ワインにもよく合う。

ローストビーフは一見赤身が多いけれど、口に入れると和牛の甘い脂の風味が口いっぱいに広がって、とろけるような舌ざわりだった。

クリームパスタも、とても美味しい。

創太郎はあずみが来るまで、パスタを茹でてソースをかける以外の料理はそんなにしていなかったと言っていたけれど、天ぷらの時といい、センスはすごくありそうだ。

彼の言うとおりで、少し食べ進めるとだんだんと気持ちが前向きになってくる。昼にお弁当を食べた時と一緒だ。

創太郎があずみのグラスにワインを注いでくれた後、ぽつりと言った。

「会社のこと、俺に任せてくれないかな」

彼が手を伸ばし、テーブルの上に置かれていたあずみの手に指を絡ませ、きゅっと握りこむ。

「篠原さんと付き合う前から、バレた時の保険をいろいろ考えてるって言ったけど、西尾さんのことだけじゃないんだ」

「え、そうなの？」

「……というか、俺が考えてるぜんぶを篠原さんが知ったら、重たすぎてもしかしたら俺のこと嫌いになるかもしれない」

その瞳には車の中で垣間見た危うさが感じられて、気が気じゃなくなってしまう。

「考えてることって、たとえばどんな？」

「引かれたら落ち込むから言いたくないんだけどね」

「引きはしないと思うけど」

あずみがむきになると、少し間があってから、彼は微かに笑った。

「……これからも何不自由なく篠原さんと一緒に暮らすためなら、自分たちと一部の大切な人以外は、どうなったっていいって思う時もある。会社とか」

「うん……」

彼はいつもより饒舌だった。

「中学校の時に母親に別れさせられた時の、どうしようもない無力感をいまだに思い出すことがあって。フラッシュバックっていうのかな。篠原さんが近くにいないときとか、夜別々に寝るときとか」

彼がそんな状態だったなんて知らなかった。自分のことばかりで、苦しんでいる彼に気づけていなかったことが情けなくなる。

おばあさんが言っていた『あの子には肉親では満たせない部分がある』というのはこのことかもしれない。

「……いっそここを出て、二人で東京に行って暮らそうとかも考えたりするよ。そのために、篠原さんが拒もうとしても強引にして、力ずくで妊娠させたらいいんじゃないかと か。今の仕事を辞めても、それなりの暮らしが出来る金はあるし」

彼はそう言って、あずみの目を見た。

「それはもうしないけど」

「……うん」

頷き返すと、創太郎はテーブルに置かれていた酔い覚ましの水を飲んだ。グラスの氷がからりと乾いた音を立てる。

かたちの良い喉ぼとけが上下するのを、あずみは見つめていた。

そのまま沈黙の時間が続いた後、創太郎は握っていたあずみの手をゆっくりと放した。

「俺、やることがあるから部屋に行くね。申し訳ないけど、片付けお願いしてもいいかな」

「あ……うん。ごはん用意してくれてありがとう、ごちそうさま。美味しかった」

創太郎は返事がわりに口の端をゆるく上げて笑い、ダイニングを出ていった。

ぽつんと取り残されたあずみは、創太郎に言われた言葉についてぼんやりと考える。

『保険はいろいろ考えてる』

付き合っていることがばれてしまった時の対策を、西尾さんに相談する以外にも考えているということなのはわかる。

ただそれがどんなものなのかは、あずみの社歴が浅くて会社の動向をつかみきれていないせいなのか、それとも発想力が乏しいせいなのかはわからないけれど、何も想像できなかった。

なんにせよ、任せて欲しいとは言われたけどあまり無理はしてほしくない。


朝、家を出てから自分の席に着くまで、他の社員が自分と創太郎のことを知っているのではないかと思って緊張していたけれど、社内は特にいつもと変わった様子はなかった。

顔を合わせた人は皆挨拶をしてくれるし、探るような目つきなどもない。

「おはようございます」

「あ、おはよう」

チーム内で今日は一番早く席に着いていた西尾さんも、何事もなかったかのように挨拶してくれる。

あずみは椅子に座り、ＰＣの電源を入れた。

「早いんですね。もう始めてるんですか？」

「うん、昨日終わらなくてね。持ち越したのを片付けようと思って」

ＰＣの画面を見ながらのんびりと言い、西尾さんは椅子ごとくるりとあずみの方を向いた。

「大丈夫だからね」

あずみは頷いた。

「……はい」

「今日は私から午前中に打ち合わせを提案するつもり」

「え、そうなんですか」

「うん。いろいろと報告したいことがあってね。共有スケジュール見た感じ、和玖君は大丈夫そうだけど篠原さんは都合つくかな？」

西尾さんが報告？　なんだろう。

「私も問題ありません」

「良かった。北本さんと上杉さんは確認しなくても忙しいはずないから、先に会議室おさえちゃおうかな」

辛らつなことをさらりとした声音で言って、西尾さんは会議室の予約フォームを開いている。

ログインしてタイムカードを押していると、創太郎が来た。

「あ、和玖君おはよう。今日十時から打ち合わせって可能？　一応スケジュールは見たんだけど」

「おはようございます。僕はだいじょうぶです」

「じゃあもう予約しちゃうね」

「はい。お願いします」

創太郎がちらりとあずみを見る。目が合うと彼は口の端をわずかに上げて、そのままＰＣに視線を移した。

どきりとした。今までは会社でこんな風に視線を寄こすことはなかったのに。

「……おはようございまーす」

憮然とした声で現れたのは上杉さんだった。心なしか、いつものような覇気が感じられない。強気な彼女には珍しく、そわそわした様子で席に着いた。

創太郎がみんなに告げる。

「今日北本さんは体調不良でお休みするそうです。フォローは僕がしますが、イレギュラーなことがあればみなさんにも何かお願いすることがあるかもしれません」

「はい」

あずみと西尾さんが返事をしたけれど、上杉さんは何も言わなかった。

もしかするといつも上杉さんが強気な姿勢でものごとを言うのは北本さんの存在あってのことで、今目の前に座っている彼女が本当の姿なのかもしれない。

十時近くまで仕事を進め、北本さんを除いた四人で昨日と同じ会議室に入る。

「では、始めましょうか」

創太郎が言い、メンバーを見渡すと西尾さんが手を挙げた。

「あ、ちょっと待ってもらっていい？　今来ると思うから」

今来る、とは誰のことを言っているのだろう。

壁にかかった武骨な時計の針がきっかり十時を指した時、会議室のドアがノックされた。

間を置かずに、四十代くらいの男性が入ってくる。

真っすぐにのびた背すじ。視線を向けられたら、たいていの人が委縮してしまいそうな鋭い眼光。

現れたのは新田統括部長だった。

「社内恋愛はご法度、ばれたら転勤」を主導しているという人物だ。

その人がなぜここに？

呆気に取られたのは創太郎も同じだったようで、目を丸くしている。

新田部長は創太郎の席から少し離れた位置に無言で座り、意外なことに会釈をした。

それを見届けて、西尾さんが口を開く。

「えーと、いきなりでごめんなさいね。私の内縁の夫の新田さんです」

内縁ということは、いわずもがな事実婚ということだ。

西尾さんにパートナーがいるらしいというのは、左手の薬指にはめられた華奢なリングから察してはいたけれど、その相手が新田部長だったなんて。

ということは。

「あのね、社内恋愛はご法度っていうのはデマ……ってわけでもないんだけど、ほとんど単なる噂にすぎないの」

それを聞いて、会議室の中の空気が静止した。

人一人が入ってきたことで室温がわずかに上がったのを察知したのか、エアコンが重くるしい駆動音とともに冷風を吐き出した。

新田部長はむっつりと押し黙っている。

最初に口を開いたのは創太郎だった。

「では、転勤というのは？　僕が調べたかぎり、過去に何件か事例があったようですが」

西尾さんが新田部長にちらりと目配せをしたのがわかった。

新田部長は軽くため息をついて頷き、口を開く。

「過去に事例があったのは確かだな。しかし厳密には、社内での恋愛が直接の理由ではなく、勤務地の変更をやむなしとされるような理由があった者たちだ」

存外に優しく穏やかな声で、部長が続ける。

「一例を挙げると、勤務時間中に会議室や資料室などの密室にしけこんでいかがわしい行為に及んでいたやつなんかがそうだな。それも、故意に何度もだ。皆が真剣に仕事をしている最中に、皆が使う場所で平気でそんなことが出来る人間というのは、仕事に対するモチベーションやモラルが低いことがままある。実際に調べてみると仕事がずさんだったり、自分がすべきことを他人に押し付けていたりで、今の環境のまま業務にあたらせるには問題があると判断されることが多い」

つまり。

「社内恋愛がばれたことをきっかけに、仕事上の問題が明らかになった人が転勤という形で異動をさせられるということですね」

創太郎がまとめる。

「そうだ。だから、社内恋愛をしていると噂の立った者は『業務上の素行』について調査がなされる」

「和玖君と篠原さんはぜーんぜん大丈夫よね。人並み以上にやっているもの」

西尾さんの頼もしい笑顔を見て、あずみはどっと力が抜ける思いだった。

創太郎をちらりと見る。彼は表情を変えなかったけれど、まとう空気がまったく違うとあずみは気づいた。

昨日のような、危うさを感じさせる目つきはもうしていなかった。

「噂の立った者には調査がなされる、これは誰が対象でも変わらない。たとえ取引先の近親者であっても」

「それじゃ、この件はここまででいいよね？」

西尾さんがさらりと言う。誰に問うているのかは明らかだった。

上杉さんは気配を殺しているかのように押し黙っている。

あずみや創太郎が視線を向けても手元をじっと見つめていて、顔を上げようともせず、これ以上抗弁の意思がないことを全身で示していた。

「では、打ち合わせはこれで終わりということで……」

「あ、ごめん。わたしからもう一点」

創太郎が締めくくろうとしたところを、西尾さんが挙手してさえぎる。

どうぞ、と譲られて西尾さんが頷く。

新田部長が西尾さんを見やった。

「えーと……私事ですが。実は赤ちゃんを授かりまして、先日安定期に入ったんですが」

「……‼」

チームの仲間が赤ちゃんを。なんて素敵で幸せなことなのだろう。

思わずおめでとうございますの言葉が喉まで出かかったのをなんとかこらえた。

まだ西尾さんが話している。最後まで聞かなければ。

「それでね、和玖君やチームのみんな、商品部長との協議次第になるけど、来年の頭には産休に入って、その後は子どもが一歳になる前日まで、そのまま育休を取らせてもらうことになると思います。迷惑をかけちゃうかもしれないけど……ごめんね」

「そんなの、全然迷惑じゃありません」

「西尾さんの体とお腹のお子さんのことを第一に考えてください。僕たちで出来ることはなんでもしますから、頼ってください」

あずみと創太郎が言うと、西尾さんがはにかんだ顔になる。

「ありがとう。妊娠がわかったときはいろいろ不安もあったけど、篠原さんもすごく頑張ってくれているし、安心して産休に入る準備ができそうです」

そう言って笑いかけてくれる。あずみは泣きそうになった。

私からは以上です、と言って会釈し、西尾さんは話を終えた。

その体はよくよく見ればお腹がゆるく出ていて、そこに一つの命が宿っていることに神秘を感じずにはいられない。

上杉さんをちらりと見る。彼女はまっすぐに顔を上げて、西尾さんの報告を意外にも険のない、静かな表情で聞いていた。

思い返せば、あずみがはじめて出勤してきた時も上杉さんは西尾さんにはきちんとあいさつをしていた。

きっと心のどこかでは尊敬しているんだろうな、と感じる。彼女も本当は悪い人ではないのだろう。

もっと時間が経ったら、私ともう少しだけで良いから仲良くして欲しいな、とあずみは心の中で苦笑した。

打ち合わせが終わってみんなが立ち上がると、会議室内はにわかに祝福モードに包まれた。

新田部長はむっつりとした顔でそれをしばし見つめ、会議室から出ていく。

後ろ姿に見える耳が赤かった。

創太郎に視線を向けると、彼は穏やかな顔であずみを見つめていた。目が合い、創太郎が微笑む。あずみも思わずにっこりと笑った。

十年前のあの時、彼がいなくなって途方に暮れていた自分に教えてあげたい。

また出会えるまで時間がかかるし、再会して結んだ関係はまた秘密にしなければいけないけれど、彼と近い距離で一緒にいられること。

彼はあなたの知っている十五歳の少年のままではないけれど、またあなたは彼に恋をして、彼もあなたを時には困るくらい、想ってくれること。

愛してくれること。愛していること。

会議室から出ると、突き当たりにある窓が目に入った。

朝降っていた雨はいつの間にか止んでいて、灰色の雲の隙間から、青い空が覗いている。

手前に見える欅の、上の方の葉がよく見ればわずかに赤くなっていることにあずみは気がついた。

秋がすぐそこに来ているのだ。

少しの間、濃緑の葉の中でまるで芽吹いたみたいに見えるその一点を見つめる。

こんな風に移ろう季節を、これからもずっとずっと、彼と一緒に感じられる。大事にしていこう。

そのためには、まずは目の前の仕事をしっかり頑張ろう。

よし、とお腹に力を入れる。

あずみは踵を返すと、すぐそこで足を止めて待ってくれている彼に追いつくため、早足でその場を後にした。


あと数分ほどで、他の支社や在宅勤務をしている上級職向けのリモートプレゼンが始まる。

会議室の中には、直接プレゼンを聞きに来た年配の役員たちが席に着き、歓談していた。

あずみは手で顔を扇ぐ。そろそろ九月の下旬になるし、換気のために窓も開けているのに、なんだか暑い。

少し考えてから羽織っていた秋物のジャケットを脱ぎ、袖の短いカットソー姿になった。

その途端、複数の役員から、ちらりとこちらに流し目を送るような視線を感じて、げんなりしてしまう。

資料のコピーを取った時に創太郎が言っていた「いやらしい目線」というのは、どうやら冗談ではなかったらしい。

おそらくあずみ個人に対してどうこうというのではなく、女性が肌を出したことに対して反射的に反応してしまったのだと思うけれど、それでも気分は良くなかった。

側にいた創太郎が動き、ちょうど役員の視線をさえぎる位置に立った。

「このコンデンサーマイク、ちょっとテストしてもらってもいい？」

「はい。えーと……テストテスト。どうでしょう？」

「うん、聞こえる。問題なさそうだね」

彼が機材を準備した時にテストを怠るとは思えなかったので、これはきっと、気遣いだ。あずみは創太郎にありがとうの目配せをした。

ちゃんと仕事さえしていれば、社内恋愛はご法度ではないということを聞いてから、一か月ほどになる。

あの時病欠していた北本さんは、八月末付けでチームから外れることになった。彼女が社内恋愛をしていて自ら吹聴しているという匿名の告発が複数、七月中にあったそうで、それから一か月ほど、人事部から秘密裏に「仕事上の素行」を調査されていたらしい。

その結果、自分の仕事をおろそかにしていたことが明らかになった彼女は、部署の異動もやむなしとなり、今は営業部に配属されている。

あの日病欠したのは、異動の内示に抗議するためだったということを、あずみは噂で聞いていた。

偶然にもあずみが北本さんと上杉さん二人から追及を受けたのと同じ日に、内示があったということになる。結局抗議をしても、内示は覆らなかったのだけれど。

北本さんは負けん気が強そうなので、その性格に合うものが見つかりさえすれば、すごく仕事の出来る人になりそうだとあずみは考えていた。

彼女からは入社してすぐに不愉快な仕打ちは受けたものの、今回の異動が彼女の変わるきっかけになれば良いのに、と思わずにはいられない。

北本さんの抜けた後にはまだ新しい人は入れず、とりあえず西尾さんがフルタイムの勤務になることで、少しの間カバーしていくことになった。

西尾さんがパートタイマーだったのは自宅でおじいさんの介護を手伝っていたからで、そのおじいさんが施設に入ることになったため、産休に入るまでの間は体調も気にしつつ、フルタイムに復帰することにしたのだそうだ。

そのあたりの事情を「子供が生まれたら、いろいろ物入りになるしねぇ。稼げるうちに稼がないと」と笑っていた西尾さんは、赤ちゃんが出来たことをきっかけに、新田統括部長と籍を入れることになった。

二人が結婚すれば本社ではおそらく初めての、社内結婚したけれど女性が退職しなかった例となる。

上杉さんは北本さんがいなくなった後、これまでよりも集中して仕事に取り組んでいる。相変わらずあずみにだけは素っ気ないものの、その態度はだんだん軟化しつつあるように感じられた。

「和玖君だっけか。君、綺麗な顔しとるなぁ。いわゆるイケメンってやつだな」

突然、役員の一人が言った。それに対して「恐縮です」と創太郎が苦笑して見せたのを、あずみはこっそりと見つめる。

(創太郎君の苦笑は、あまりお目にかかれないレアな表情なんだよね……)

「背も高いし、モテるだろう。彼女はいるのか？　五人くらい」

五人くらい、という言葉にどっと笑いが起きた。

いまいち何が面白かったのかはよくわからなかったし、セクハラだとは思うけれど、楽しそうで何よりだとあずみは軽くため息をついた。

「彼女はいますけど、一人だけです」

創太郎が声色に柔らかさを滲ませつつも、きっぱりと言う。その後に続く言葉を聞いて、あずみの肩がわずかに跳ねた。

「一刻も早く結婚したいです」

「お～、頼もしい。頑張りなさい」

「はい。ありがとうございます」

不意打ちを食らって、心臓がばくばくした。創太郎はそんなあずみの様子に気づいているのかいないのか、役員の軽口に笑顔で対応している。

あれから、あずみと彼の関係が公になったかと言えば、答えは否だった。特に言う必要はないし、このままの方が仕事をやりやすいという考えだ。

創太郎がこちらに向き直る。

「じゃあそろそろ、始めようか」

だからこの先、まだもう少しの間は。

二人の関係は、ヒミツのまま続いていく。

エピローグ　きみのしらない僕（二十五歳）の話

ヤマノ化成の秋まつりは今年も盛況で、たくさんの家族連れやお年寄りで賑わっていた。

子ども向けのイベントコーナーには、ずんぐりむっくりした人型の着ぐるみがいて、子どもたちとの写真撮影やハイタッチに応じている。

ゆるキャラブームが世に起こるよりもずっと以前に活躍していたという、かつてのヤマノ化成のイメージキャラクター『ヤマノぼうや』の着ぐるみを着用した彼女は、数人の子どもたちに囲まれていた。

その様子をしばらく眺めていると、ヤマノぼうやが頭部をゆっくりと左右に振って、何かを探しているような動作をした後、こちらに顔を向けた。

着ぐるみの顔にある虚ろな瞳ごしに、彼女と目が合ったのがわかった。

創太郎が軽く手を振ると、ヤマノぼうやも手を振り返して、子どもたちをまとわりつかせながら、ゆっくりとこちらに近づいてくる。

すぐそこまで来たところで、髪を短く刈り込んだ、いかにも活発そうな五、六歳の男児がどこからか走ってきて、ヤマノぼうやの背後に回りこむのが見えた。

一瞬呆気に取られたが、何をしようとしているのか予測がついて、創太郎はその場を駆けだした。

男児が背後からヤマノぼうやの「胸にあたる部分」をわし掴みにしたのは、非常に残念だが止められなかった。

ヤマノぼうやが焦ったような動きを見せる。

それでも男児が大きな口を開けて、「このひと、おっ、」まで言葉を発しかけたのを、その口に人差し指を当てて阻止することが出来た。

小さな体をヤマノぼうやから優しく引きはがす。

「おっ、」の後に続くのはおそらく「ぱいがあるーー‼」だったはずだ。

「ヤマノぼうやに、痛いことしないでね？」

小さく沸いた怒りを押し殺し、柔らかい口調で諭すと、男児はぽかんとした顔になった後、「ママぁー‼」と叫びながら走り去っていった。

ヤマノぼうやは視界の悪い中でも状況を察したらしく、こちらに向けてわずかに会釈するような仕草を見せる。

最初よりも動きが緩慢になってきている気がして、創太郎はついてくる子供たちをあしらいながらヤマノぼうやの背を押し、控室代わりのテントに誘導した。

「やっぱり着ぐるみって、暑いですね」

着ぐるみの頭部を脱いだ彼女が楽しげに言い、ため息をつく。

創太郎はアイスティーのボトルのキャップを開け、彼女に手渡した。

「ありがとうございます」

はにかんだ笑顔で言い、ペットボトルに口をつける彼女の上気した頬を見つめると、心の奥が潤んで満たされるような心地がした。

こんなに穏やかな気持ちで十月の秋まつりを迎えられるとは、八月の打ち合わせの時点では思いもしなかった。

自分が彼女との関係を守るために、時には睡眠時間を削って用意しておいた保険——会社が過去にコンプライアンスに違反していた数々の明確な記録や、主要な取引先の一つが官公庁の、それも内閣府とつながる組織と談合していて、この会社の役員もそれに関与していたことがわかる音声データなどの証拠は、自宅のハードディスクとSDカードに眠ったままだ。

この先も使わずに済むことを願っている。

匿名を装って北本梨央の行為を告発したのは創太郎だった。

彼女のやっていることには気づいていて、しばらく静観はしていたが、あずみに対する敵意が感じられたのと、あずみが気にしているようだったので排除することにしたのだ。

あずみがこの会社に転職を決めて、それを自分がいち早く知ったのはまったくの偶然で、奇跡だった。

人事総務部に用事があって直接訪ねた際に、キャリア採用の結果についての話題が出ていて、彼女の名前が挙げられたのを聞いた時は、まさかという思いしかなくて。

和玖の家が所有する土地や建物の賃貸借を担当している不動産会社に、あずみが部屋探しの予約をして、おしゃべりな営業マンが創太郎に「ヤマノ化成への転職でね、こっちに住みたいっていう若い子がいるんですよ。そういうのって最近流行ってるんだろうかね？」と漏らしたのも、偶然や奇跡といえるたぐいの出来事だ。

だから、自分は賭けに出た。

まずは、副業でコンサルティングをしていた会社の一つに、海外からの人材の受け入れを提案し、研修生の住居の確保を早急にしておくように促した。

件《くだん》の不動産会社の営業マンに、彼女とおぼしき人物が本当に彼女なのかをそれとなく確かめ、具体的にいつ部屋探しに来るのかを割り出すこともした。

彼女が部屋探しに来た日に、散歩好きで、バスで移動するような距離でも余裕で歩いてしまう祖母が買い物に行くよう仕向けた。

その後には営業マンに電話をかけ、「雨が降りそうだから、もし祖母を見かけたら乗せてやって欲しい」と頼んだ。

以前から祖母は「こんなところに住んで、お嫁さんは来てくれるのかしら。彼女もいないみたいだし」などと漏らしていたのだ。そんな祖母が考えること、思いつくことは予想ができた。

きっと、彼女を気に入るだろうということも。

自分のチームに彼女が配属されるよう、根回しを重ねることもした。

彼女の身も心も手に入れたあの夏の夜は、これまでの人生で間違いなく一番幸せと言える出来事だったが、反面、また失うことへの恐怖が増した。

自分はこれからも、その恐怖と付き合って生きていかなければならないだろう。

だけど、それでも。

創太郎はあずみの頰にかかっていた髪を耳の後ろになでつけて、柔らかい頰に触れた。恥じらうような表情を見せたのを、愛おしい気持ちで見つめる。

「外に出てる。ゆっくり休んで」

テントから出て空を見上げた。高く澄んだ秋の空には雲一つなく、黄色い日差しが降り注いでいる。

十年前、彼女と付き合うことになって初めて一緒に帰った時の空を思い出すような色合いだった。

自分のスタンスは、きっとこれからも変わらない。

壊されないように守る。壊そうと近づいてくるものを壊す。

ただ、それだけのこと。

番外編一　さむいふゆのひ

その夜、外は大荒れで、吹雪がざあっと家の外壁に当たる音が何度も何度もしていた。

ふと、目を覚ました俺は、まず隣に彼女が存在しているかを確認する。

ああ良かった。今夜も彼女はすうすう寝息を立てながら、すこやかに眠っている。

わずかに開いた唇から覗いている白い歯が、たまらなく愛おしかった。

安心すると急に寒気が来て、肩がぶるっと震える。

雪の匂いが、部屋の中にまで入り込んでいた。

つい二時間ほど前のことだったように思う。

キスから始まった行為はしだいに熱を帯びて、やがて暖房もいらないほどの高まりになった。

彼女と初めて体を重ねてから数か月になるが、行為を繰り返した男と女の体がだんだん馴染んでいくというのは、本当にあるのかもしれないと思い始めている。

俺がそうであるように、彼女もまた何も身につけていなかった。

そのむき出しの肩が冷えてしまわないよう、毛布を顎の下まで引き上げてやる。

古い木造の建物というのは、風通しがよく夏は涼しいが、そのぶん冬は足元からとことん冷え込む。

暖はエアコンでとっているが、当然といえば当然ながら、なかなか足元が温まらない上に空気が乾燥するので、いま一つ不便だった。

寝ている間に彼女が風邪など引いてしまわないよう、可能な限り気を配ってやらなくてはならない。

そのためにはどうしたら良いだろうか。

リフォームして床暖房。パネルヒーター。いろいろな案が頭を巡る。

空気が乾燥しないように、加湿器も必要だ。

もっと暖かい時期から考えて用意しておけばよかったのに、と自分を責める。

頭の中でいろいろな選択肢や可能性を吟味しながら、枕元にあったTシャツを着てカーディガンを羽織り、下着やスウェットパンツを身につけて、彼女を起こさないようにそっとベッドを抜け出した。

内側がボア素材になっている温かいルームシューズを履いて、縁側に面した廊下を歩く。

掃き出し窓に雪のつぶが当たる音がして外を見ると、道路側にある街路灯の周囲に、強い風をともなった雪が渦をまいて、ちらちらと白い光を反射しているのが見えた。

ここ数年の気候の変化でこの辺りもだいぶ積雪量が減ってきてはいるが、それでもこういう「雪の情景」と呼べるたぐいのものはまだまだ健在だ。

『最近は雪の降る日が減ってさみしいわ。降ってもすぐに溶けてしまうし。昔はね、十一月のころからこんもりした雪が積もって、春先まで解けなかったの。庭の松の木の上にまるい雪のかたまりが載っているのを見るのが好きだったのに』

祖母がぼやいていたのを思い出しながら、キッチンに向かう。

薄明かりのもとでケトルに少量の水を入れ、白いホーローのミルクパンには牛乳をそそぎ、それぞれ加熱した。

二人分のマグカップを持って自室に戻ると、ベッドの上に彼女が身を起こしていて、こちらを見た。

「……起きたの？」

デスクにマグカップを置きそっと訊ねると、彼女は乱れた髪を直しながら「うん…」と照れ臭そうに言い、俺の視線が恥ずかしかったのか、毛布をかき集めて胸元を隠した。

「外……吹雪いてるんだね。音がする」

「うん。けっこう荒れてる」

「ちょっと、見に行こうかな」

好奇心の強い彼女は素肌の上に毛布をケープのように被って立ち上がった。

「わぁ……降ってるね。すごい……けっこう積もってる」

昔、俺と彼女が住んでいた街にも雪は降ったが、ちらつく程度で、こんな吹雪の日は滅多になかった。

そのせいか、ここに住み始めて最初の雪が降り、荒れる日が出てきてからほぼ毎回、彼女は飽きもせずに窓の外を見つめる。

その横顔をこっそりと見るのが好きだった。

数分もしないうちにくしゅっ、と可愛らしい音がして、彼女がくしゃみをしたのだとわかった。

「そろそろ戻る？　ココアがあるよ」

「そうなんだ！　ありがとう。冷めないうちにいただこうかな」

部屋に戻ってベッドに並んで座り、他愛ない会話をぽつぽつ交わしながらココアを飲んだ。

「ごちそうさま。すごく美味しかった」

「お粗末さまでした」

俺はそう言って、さりげなく空のマグカップを彼女から受け取り、自分の分と一緒にデスクの上に置いた。

頬にかかっていた髪を耳にかけてやると、恥じらうように彼女が身じろぎする。

その唇にキスをしようと顔を近づけ――ふと思いたって、唇どうしがぶつける寸前で動きを止めた。

「……？」

「ふっ、」

目を閉じていた彼女がわずかに怪訝そうな表情になったのを見て、俺は堪えきれずに吹き出してしまった。

「もう！　意地悪！」

からかわれていたことを知った彼女がこぶしを挙げようとしたのを、逆に手首を取って押し倒す。

のしかかって彼女の唇をぺろりと舐めると、ココアの甘い味がした。

そのまま深く口づけて、彼女の中を探って。甘い味を分かち合う。

「んぅぅ……っ」

存分に堪能してから唇を離すと、彼女がぼうっとした顔でゆっくりと目を開いた。

「明日が休みでよかったね？」

「もう、創太郎くん、やっぱり意地悪……」

そう言う彼女の声にはもう、わずかな熱がこもっている。

ココアだけでは、足りない。

こんな吹雪の舞う寒い夜を温かく過ごすには、お互いにもっと熱が必要だった。

番外編二　伝説の先輩

さして広くもないイベントスペースに、百人くらいの学生たちがひしめき合っていて、ろくに分煙もされていないうえに、換気もよくなかったからなのか、空気が薄く煙っていました。

レーザー光線みたいな光が音楽に合わせて照射されてたんですけど、光るたびに会場の汚れた空気が照らされてもやもやしてるのが見えて、あー、やっぱり煙ってるなーって。

それを見てると、スピーカーから流れる音楽の、ベースの重低音がやけに腹に響きました。

時々、歓声と女の子の愉し気な笑い声があちこちから湧くように聞こえてきたのをすごく覚えています。

みんな、全身で楽しんでるように見えました。

というか、ぼくたち、わたしたちはすっごく楽しんでます！　って全身でアピールしてましたね。

若さってやつです。

そのイベントは幹部の一人の誕生パーティーだったんです。その人はいわゆる「上級国民」の息子で、とにかく派手なことが大好きな人でした。

改めて考えてみれば、自分はこういう場は、

「こういう場は嫌いだった、とかですか?」

「いえ、大好きだったな～☆彡って思って。とにかくテンションが上がりましたね」

「……」


ヤマノ化成の秋まつりの実行委員会は当日までの間、とある会議室を貸し切って事務局とし、各部署から選出された実行委員たちは、そこで打ち合わせや各種の準備作業を行っていた。

その日の打ち合わせは十四時半からで、あずみは十分前に着いた。

先に営業部の雲雀《ひばり》君という若手の社員が来ていて、なんとなく雑談する空気になったのだった。

雲雀君はあずみや創太郎の一歳下の年齢で、東京支社からこの本社に一年間の研修に来たところ、実行委員として駆り出されたとのことだった。

見た目は整った顔立ちで実直そうに見える彼なのに、軽薄な口調なので最初は少々面食らった。

その軽薄さを不快に感じないのは、彼の言葉の端々に教養や品の良さが滲むからだろうな、とあずみは考察した。

こういう人はたぶん営業に向いているし、顧客のウケも良さそうだ。

「イベントの準備って、大学出て以来だから懐かしくて楽しい」とあずみが言うと、雲雀君は『こういうのとはちょっと違いますけど、イベサーに一時期いたんでわかります』と答えた。

そういえば創太郎も一時期イベントサークルに入っていたと言っていたな、と思い出して興味が湧き、「イベントサークルって関わったことがないけど、実際どんなことをするの？」と雲雀君に訊ねたのは、当然といえば当然の流れで、そこから冒頭の話につながったのだった。

イベントの様子をちらっと聞いた限りでは、派手で怖いイメージしか持てないけれど。

彼も、同じようなイベントに出入りしていたのだろうか。

「そこにちょっと変わった人がいたんです」

「変わった人？」

「はい。その人、〝メンノン〟のモデルが出来るくらいかっこ良くて、しかも成績も優秀で……まぁ、有名でした。女子からの人気がすごすぎて〝伝説くん〟なんて呼ばれてましたね。サークルに伝わる〝一度のイベントで告白された回数〟をぶち抜いたらしくて」

「ふぅん……」

〝メンノン〟のモデルが務まりそうなかっこ良い人といえば、あずみにも一人心当たりがある。

そのかっこ良い人は今、営業部長から「極めて漠然とした、口頭の指示」で依頼された新しい資料フォーマットの作成と、「ころころ変わるフィードバック」に頭を悩ませている。

「それで、その人のどこが変わってたの？」

「なんというか、目が死んでて。全身で気配を消してました」

「えっ？　目が死んでたってどういうことですか？」

「とにかくつまんなさそうというか、だらっと座ったままずっと動かなかったです。でも目線は動かしてて、会場をゆるく睨《にら》むように見渡す感じで。なんとなく気になったんで話しかけたら、わりと普通と言うか、全然いい人なんですけど、まぁ覇気がなくて」

「へぇ……」

「当時は俺も若かったんで、不思議で仕方がなかったです。顔が良くて、スタイルもよくて、性格もよくて、金がないわけじゃなさそうだし、なにがそんなにつまらないんだろって」

雲雀君は淡々と語ったけれど。

正直あずみとしては、どうして自分を相手に彼がそんな話をするのかが、いまいちよくわからなかった。

それでもなんとなく続きというか、〝伝説くん〟のことが気になって、あいづちを打つ。

「その先輩は何か、悩んでいたとか？」

「まぁ、たぶん。外からは完璧に見えても、心の内に抱えているものはわからないってことですね」

「うん……なるほどね」

「その先輩と俺、けっこうウマが合って、たまに会うたび話したりしてたんですけど、そのうち気がついたんです。先輩は〝欠けた何か〟を探してるんだって。でもそれからすぐ先輩がサークルやめて、連絡先も知らなかったんでそれっきりになって」

「そっか……」

「実は、その先輩に再会したんです。そしたら見違えるように元気になってて。最初は気づかなかったくらいでした」

「そうなんだ？　問題が解決したのかな。探し物が見つかったとかですか？」

「だと思います」

雲雀君はなぜか、あずみの目を見てニヤリとしたので、困惑してしまう。

その時、会議室のドアが続けざまに二回ノックされ、硬い音が響いた。

「はい」

返事をしつつ立ち上がり、ドアを開けると、立っていたのは創太郎だった。

「篠原さんごめん、今朝話してた予算進捗のデータって共有のどこにあるかな。急に必要になって」

「はい。えっと、第一チームフォルダの……」

あずみがデータの保管場所を告げると、創太郎は「ありがとう」と言い、おもむろに会議室の中に視線を移した。

「お疲れ様です」

雲雀君が明るい声で挨拶する。

創太郎は彼の姿をみとめて、微《かす》かに笑った。

「お疲れ」

手短に言い、「じゃあ後で」とその場を後にするのを、あずみはあっけに取られながら見送った。

――二人って、知り合いなのかな。親しげだったけど。

「今はもうほんと、完璧に見えます。正確には、ある人と一緒にいる時は、とくに」

「あの、それって」

結局何の話ですか？　と聞こうとした時だった。

「お疲れ様でーす。すみません、遅れちゃって」

「今日は単純作業しかないんで、ぱぱっと済ませちゃいますか」

数人の実行委員たちがわいわいしながら入ってきて、話はそれっきりになる。

「今日はヤマノぼうやの中身も決めないとねー、希望者が多ければくじびきで！」

「あ、僕やりたいです」

雲雀君が手を挙げた。

「お前は背が高いからダメ。首が見えるし怖がられる」

「まじですか……」

〝先輩〟の話の顚末《てんまつ》をもう少し詳しく聞きたかったような気もするけれど、まぁ良いか
……とあずみは思い直して、

「すみません、私やりたいです。ヤマノぼうや」

と、手を挙げたのだった。

完

あとがき

こんにちは、はじめまして。梅川いろはと申します。

この度は本作をお手に取っていただき、ありがとうございました。

本作は、第十三回らぶドロップス恋愛小説コンテストにて最優秀賞とコミカライズ賞を受賞させていただきました。ご縁に感謝いたします。

素敵なイラストは、八千代ハル先生が描いてくださいました。

モノクロ線画をいただいた時にあまりにも好みというか、あずみは可愛いし和玖君はかっこいいしで、とにかくイメージ通りの仕上がりだったのでしばらくフガフガ悶えていたら、それだけで一時間くらい経っていてびっくりしたのを覚えています。良い思い出です。

作中に少々の不穏なシーンはあるものの、「まったり古民家ぐらし」ということで今作は全体的には穏やかで甘い日々を描いた物語となっています。

しかし作者としては、今作は「和玖君の悲願と執念の物語」だと思っております。

実は和玖君のあずみに対するヤンデレというか危うい部分については私の筆力不足という事情もありまして、作中ではかなりマイルドにしか描写されていません。

和玖君全体の「ヤンデレポテンシャル」を十とすれば、その内の一か二くらいしか描けていないのです。

執筆を終えてからそれなりの時間が経ち、私の中で和玖君というキャラクターに対する理解が深まるにつれ「和玖君のポテンシャル発揮できてなかったな、きっと彼はみんなが引くくらいのあずみフェチなのにもったいなかったな」という思いが膨らみ続けています。

なので、結婚までの甘々溺愛ストーリーに和玖君のヤンデレエピソードと、彼本来のねちっこさが反映されたドロ甘ラブシーンを詰め込んだ続編をどこかで書いていきたいと思っております。そちらも楽しんでいただけたら幸いです。

コミック版につきましては、まんが王国さんから配信となるようです。

私も今から楽しみで仕方ありません。夢想していたらそれだけで一時間くらい経過してしまうほどです。

何かお知らせできる段階になりましたら、Twitter（@umeirohan）で告知をさせていただきますね。

Twitterではかなりしょうもないことばかりを呟いておりますが、絡んでいただけたらとても嬉しいです。

それでは、最後までお付き合いくださりありがとうございました。

またどこかでお会いできることを願っています。

梅川いろは

★著者・イラストレーターへのファンレターやプレゼントにつきまして★
著者・イラストレーターへのファンレターやプレゼントは、下記の住所にお送りください。いただいたお手紙やプレゼントは、できるだけ早く著作者にお送りしておりますが、状況によって時間が掛かる場合があります。生ものや賞味期限の短い食べ物をご送付いただきますと著者様にお届けできない場合がございますので、何卒ご理解ください。
送り先
〒160-0004　東京都新宿区四谷3-14-1　UUR四谷三丁目ビル2階
(株) パブリッシングリンク
蜜夢文庫 編集部
○○（著者・イラストレーターのお名前）様

勤め先は社内恋愛がご法度ですが、再会した彼(上司)とまったり古民家ぐらしを始めます。

２０２１年５月２８日　初版第一刷発行

著……梅川いろは
画……八千代ハル
編集……株式会社パブリッシングリンク
ブックデザイン……おおの蛍（ムシカゴグラフィクス）
本文ＤＴＰ……ＩＤＲ

発行人……後藤明信
発行……株式会社竹書房
〒102-0075　東京都千代田区三番町８－１
三番町東急ビル６Ｆ
email：info@takeshobo.co.jp
http://www.takeshobo.co.jp
印刷・製本……中央精版印刷株式会社